宮廷魔術師の婚約者2

書庫にこもっていたら、国一番の天才に見初められまして!?

春乃春海

23763

角川ビーンズ文庫

Contents

宮廷魔術師の婚約者
書庫にこもっていたら、国一番の天才に見初められまして⁉
2
クイン・ブランシェット
国一番の宮廷魔術師。メラニーを弟子に迎える
メラニー・スチュワート
侯爵家令嬢。魔力はほとんどないが、古代語が読める
characters

ケビン・フォステール

フォステール王国第一王子。
クインの友人

メルル

メラニーの使い魔である
白い大蛇

ユスティーナ・フォステール

フォステール王国第一王女。
ケビンの姉

カレン・ライトナー

学者協会所属の学者。
魔力の研究をしている

ダリウス・スチュワート

メラニーの叔父。
魔法学校の教授

ディーノ

古代魔術研究室の魔術師。
クインに憧れている

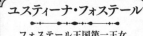

イラスト／vient

プロローグ

　城の一室で、数人の男女が談笑《だんしょう》していた。

「──この騒動《そうどう》で、エミリア・ローレンス及《およ》び婚約《こんやく》者のジュリアン・オルセンも共犯として、辺境の領地に飛ばされたそうです」

　中央の席に座った女性に熱心に語りかけているのは、大臣を務めるセルデンという恰幅《かっぷく》の良い男だった。セルデンはこの場に招待されたことが余程嬉《よほどうれ》しかったのか、終始、舞《ま》い上がった様子で饒舌《じょうぜつ》に話をしていた。

　話題にしているのは、先日行われた国の大規模な催《もよお》しである魔術《まじゅつ》品評会で起こった事件の顚末《てんまつ》であった。

　セルデンの話を聞いて、主宰《しゅさい》の女性は驚《おどろ》いたように目を見開いた。

「まぁ、随分《ずいぶん》と寛容《かんよう》な処分だったのね」

　薄《うす》い唇《くちびる》から鈴《すず》のような澄んだ声が発せられた。美しいのは声だけではない。母親譲《ゆず》りの銀色に艶《つや》めく長い髪《かみ》に、小さな顔とほっそりとした首の持ち主で、手足は細く、透《す》き通るような白い肌《はだ》をしている。一際《ひときわ》目を引くのは、長いまつ毛に覆《おお》われた宝石のような青い瞳《ひとみ》で、その下にある泣きぼくろが、彼女の妖艶《ようえん》さを際立たせていた。

そんな見目麗《みめうるわ》しい女性から見つめられ、セルデンはだらしなく頬《ほお》を緩《ゆる》ませた。

上品に微笑《ほほえ》んだ彼女は、この国の王女のユスティーナ・フォステールだ。

ここはその王女が主宰するサロンだった。誰《だれ》でも参加できるわけではなく、サロンメンバーからの紹介がないと入ることのできない特別な場所だ。更《さら》に、ユスティーナ自身も滅《めっ》多《た》に人の前に顔を出さないことから、こうして近くで顔を見られるだけでもかなり貴重なことだった。

セルデンが王女に見惚《みと》れていると、その様子を隣《となり》で見ていた細面《ほそおもて》の男が会話に入ってきた。

「巻き込まれた侯爵《こうしゃく》家の娘《むすめ》が減刑《げんけい》を求めたそうですよ」

王女との会話に割り込んできた男は、国の重要な法案や課題などを審議《しんぎ》する議会の議員を務めるマーシャルだった。普段《ふだん》はいるかどうかもわからない影《かげ》の薄い男だったが、今は陶酔《とうすい》した瞳で王女を見つめていた。

そんなマーシャルの様子に、セルデンはムッとしたが、今日の催しに参加しないかと声をかけてもらった恩を思い出し、怒《いか》りを堪《こら》えた。どうして、自分よりも格下の男が王女のサロンに入ることができたのか、理解に苦しむ。

マーシャルに対抗《たいこう》するように、セルデンは王女に話しかけた。

「それだけではなく、オルセン公爵が領地の一部を返上し、陛下に酌量《しゃくりょう》を求めたのが大きいでしょうな。さすがの陛下も長年王家の右腕《みぎうで》として働くオルセンを無下にすることはできなかったのでしょう。しかし、後継《こうけい》者を飛ばされたオルセンはこれからどうすることやら」

「今は、親戚《しんせき》筋を回って、新たな後継者探しに奔走《ほんそう》しているようですよ」

すかさずマーシャルが答えた。セルデンを立てることを忘れた様子で、ユスティーナの方ばかりに視線を向けている。

「あそこは一人息子《むすこ》だったからな。これでオルセンの地位は下がるでしょうな」

セルデンも負けじと発言する。

まるで一人の女性を取り合うかのように二人が代わるがわる発言するが、ユスティーナは気にした様子も見せず、柔《やわ》らかな笑《え》みを浮《う》かべたまま、二人の話に耳を傾《かたむ》けていた。

「では、ローレンス家の方はどうなったの？」

「あそこですか。娘が起こした騒動のせいで、いくつかの支援《しえん》が打ち切られ、資金の調達に駆《か》けずり回っているそうですよ。まったく、卑《いや》しい男ですな」

セルデンが鼻で嗤《わら》ったが、ユスティーナは「まぁ、それは大変」と同情した様子を見せた。

「では、ローレンス家に、いくらか援助をしなくてはね」

「ローレンス家にですか？」

思いがけない言葉にセルデンは目を丸くする。

「ええ。あそこの研究には以前から目をかけていましたから。娘のことがあったからとはいえ、ここで潰《つぶ》れてしまうのは、あまりに勿体無《もったいな》いわ」

それを聞いたセルデンは「なんと慈悲深《じひぶか》い」と、王女の懐《ふところ》の広さに感動した。そして、先程《さきほど》までの悪態からあっさりと手のひらを返す。

「王女様がそこまで気にかけるのであれば、私の方からも支援をいたしましょう」

「あら、嬉しいわ」

にっこりと微笑むユスティーナの笑みを受け、セルデンは舞い上がった。この様子なら、サロンメンバーになれる日も近いだろう。

セルデンがニヤニヤと考えていると、ユスティーナが呟《つぶや》くように言った。

「でも、私も例の魔法を見てみたかったわ。噂《うわさ》では古代魔術ではないかと言われているそうだけど、実際にはどうなのかしら？」

「真偽《しんぎ》は不明なままですな。確かに見たことのない魔法でしたが、古代魔術かまでは——。なにせスチュワート家の娘ですからな。スチュワート一族の秘術かもしれないとか、ブランシェットが考えた新術なのではとか、色々な噂が飛び交《か》っておりますよ」

「そこら辺をはっきりさせるためにも、私も審問会への出席を呼びかけたのですが。ブランシェットの奴《やつ》が拒《こば》みまして……」

マーシャルが苦々しく言い、セルデンも同意した。

「あの男か。国一番の宮廷《きゅうてい》魔術師とか言われて、少し調子に乗っておるようだな。私がわざわざ懇親《こんしん》会の招待状を送ったというのに、養生中だと言って断ってきたんだぞ」

「大臣だけではないですよ。他《ほか》の貴族たちからの誘《さそ》いも断っているようです」

「全く、宮廷魔術師風情《ふぜい》が生意気なことだ」

二人は共通の敵を見つけたというように、意気投合して、天才魔術師と呼び声の高いクイン・ブランシェットの悪口を言っていく。

「王子と仲がいいからといって、少々好き勝手なように思えますな。おっと、ユスティーナ様の前で失礼致《いた》しました。今のはお忘れください」

マーシャルが謝ると、ユスティーナは小さく首を振《ふ》り、微笑んだ。

「いいえ、ブランシェットは弟と懇意《こんい》の仲ですからね。ケビンが裏で手を回したのでしょう。あの子も、もっと皆様《みなさま》の気持ちを汲《く》み取ってくれれば良いのですけど。困ったものね」

ユスティーナはフゥとため息をついた。その憂《うれ》いを帯びた顔すらも絵画のようだった。

「そう言えば、その事件に巻き込まれたスチュワート家の娘の名前は何と言うの？」

「メラニー・スチュワートですか？」

「そう。メラニーさんと言うのね。ふふ。なんだか、面白《おもしろ》そうな子ね。私《わたくし》も会ってみたくなったわ」

無邪気《むじゃき》に微笑むユスティーナは眩《まぶ》しく、その美しさにセルデンとマーシャルは揃《そろ》って見惚れるのだった。

第一章　引き籠りの婚約者と王女

フォステール王国の首都は、切り立った山を背にして王城が建ち、その麓《ふもと》に街が広がった地形となっており、城と街をぐるりと大きな壁《かべ》が囲んでいる城塞《じょうさい》都市である。

山の標高は高く、毎年冬になると、山からの冷たい風が麓の街に吹《ふ》き下ろしていた。

「ううっ。寒い」

メラニーが工房《こうぼう》の裏口を開けると、その冷たい風が肌に吹き付けた。ローブの前をきつくかき合わせ、体を震《ふる》わせながら外に出る。

普段《ふだん》は工房で古代魔術《まじゅつ》の研究をしているのだが、最近は体力作りも兼《か》ねて、工房の裏の空き地で、魔法の練習を行っていた。

口から白い息が溢れ、曇《くも》り空を見上げる。そろそろ寒さが本格的に厳しくなる季節だ。

こうやって外で訓練できるのも、あと僅《わず》かだろう。準備をしていると、後ろから低い声がかかった。

「準備はできたか？」

「クイン様」

背の高い、特徴的《とくちょう》な長い黒髪《くろかみ》の端整な顔立ちをした青年が声をかける。メラニーの婚約者であり、魔法の師匠《ししょう》でもあるクインだ。

メラニーは現在、クインの屋敷《やしき》で同居をしながら、魔術について学んでいた。

スチュワート家という代々有名な魔術師を輩出《はいしゅつ》する名家に生まれたメラニーは、生まれつき魔力がほとんどなく、落ちこぼれとして暮らしてきた。そのせいで、婚約者のジュリアンから婚約破棄《はき》を言い渡《わた》されたのは、つい最近のことである。

あの時はショックで目の前が真っ暗になったものだが、ひょんなことから宮廷魔術師のクインに、古代魔術が使えるという才能を見初《みそ》められ、弟子《でし》入りするのと同時に婚約者として迎《むか》えられることになった。

クインの下《もと》にやってきてまだ一年も経《た》っていないが、その間に本当に色々なことが起こり、メラニーの人生は大きく変わった。外に出る機会も増え、ついこの間は魔術品評会という国の催《もよお》しに参加するなど、自分にとって大きな挑戦《ちょうせん》もした。そのせいで、騒動《そうどう》に巻き込まれ、大変な目に遭《あ》ってしまったが、それでもクインと過ごす日々は楽しく、少し前まで家の書庫室に引き籠《こも》り、暗澹《あんたん》とした毎日を送っていたというのが嘘《うそ》のようであった。

これも全《すべ》て、弟子に取ってくれたクインのおかげだ。

「まずは、錬成《れんせい》の練習から始めるか」

「はい！」

国一番の宮廷魔術師と言われているクインから直々の指導を受けられることに、自《おの》ずと気合いが入る。

「随分《ずいぶん》と元気がいいな」

柔らかい眼差《まなざ》しで微笑《ほほえ》まれ、少し恥《は》ずかしくなる。でも、今まで魔法が使えなかったメラニーにとって、こうして魔法の練習ができるというだけで楽しくて仕方がないことだった。それに、まだメラニーの技術が未熟なせいか、ここ数日行っている攻撃《こうげき》魔法の練習では、なぜか魔法が暴発して失敗することが多かった。なので、今日こそは成功させるぞと意気込んでいたのだ。

「君に攻撃魔法はまだ早すぎたかもしれない。今日はいつもと違《ちが》う魔法に挑戦してみよう。先日、氷魔法の詠唱《えいしょう》は教えたな。それを使って、この銅像を氷魔法で作ってもらう。ただし、大きさは人のサイズだ」

そう言って、クインは両手に乗る大きさの馬の銅像をメラニーに手渡した。

正直、魔法の基礎《きそ》を学ぶためとはいえ、攻撃魔法の練習は怖《こわ》いと感じていたので、その提案に感謝した。それならば、自分にもできそうだ。

早速、前足を上げた躍動《やくどう》感溢《あふ》れる馬の姿をしっかりと脳内に叩《たた》き込み、氷魔法のイメージを頭の中で描《えが》く。そして心を落ち着けるために、フーと息を吐《は》くと、首から下げたペンダントの先に付いたエメラルド色の宝石を手に取り、そっと瞼《まぶた》を閉じた。

このペンダントはただの装飾品《そうしょく》ではなく、魔力供給の魔石がついた魔術具だった。これは、メラニーのために家族が総力を挙げて作ってくれたもので、これのおかげで魔力の少ないメラニーでも魔法が使えるのだ。

神経を集中すると、魔石から魔力が流れ込んでくるのが感じられた。

(――今日こそは失敗しないようにしなくちゃ。魔術品評会で披露《ひろう》した時の感覚を思い出して、やってみよう)

氷魔法の詠唱を始めると、周囲に冷ややかな空気が流れ始めた。

メラニーは瞼を開け、馬の銅像を強く頭の中でイメージする。すると、目の前に集まった冷気が結晶化《けっしょう》し、徐々《じょじょ》に形を作っていった。

(よし！　あと少しで……。あ、あれ？)

馬の形を作っていた氷の塊《かたまり》が、見る見るうちに結晶化を強め、氷の色が透明《とうめい》から濃《こ》い白色へ変化していく。

バリバリバリバリ！

「危ない！」

急激に固まる氷の音に、危険を察知したクインが、メラニーの前に飛び出した。温かな体温に包まれ、驚《おどろ》いていると、クインが素早《すばや》く指を鳴らし、氷像との間に防御《ぼうぎょ》魔法を展開させた。

バリーン！

「きゃっ！」

間一髪《かんいっぱつ》のところで、クインの広げた防御魔法が割れ弾《はじ》けた氷の粒《つぶ》を防いだ。

「大丈夫《だいじょうぶ》か？」

恐《おそ》る恐る目を開けると、すぐ近くにクインの顔があった。抱《だ》きしめるようにして守られていたことに気づき、ドキリと心臓が跳《は》ねる。

「ご、ごめんなさい！」

慌《あわ》てて離《はな》れようとするも、運の悪いことに、地面に散らばった氷の欠片《かけら》に足を取られてしまった。

「あっ！」

「おっと」

後ろにひっくり返りそうになるメラニーの腰《こし》を、すかさずクインが引き寄せる。さっきよりも体が密着して、ますます心臓がうるさくなった。

「慌てると、危ないぞ」

クインはメラニーの腰を支えながら、ゆっくりと体を離し、苦笑《くしょう》した。

「す、すみません」

恥ずかしさで顔から火が出そうだった。

クインは慈愛《じあい》に満ちた目で優《やさ》しく微笑《ほほえ》むと、地面に散らばった氷の欠片を火魔法で溶《と》かしていく。

(また失敗だわ……。最初はうまくできたと思っても、途中《とちゅう》で魔法が暴発しちゃう。どうして、うまくいかないの?)

「ふむ。なるほどな……」

氷の欠片を片付けたクインが顎《あご》に手を当てて、何やら考え込んでいた。

その険しい表情を見ていると、幼い頃《ころ》の記憶《きおく》が蘇《よみがえ》ってくる。兄妹《きょうだい》の中で一人だけ魔法が使えず、両親にもよくこんな顔をさせてしまっていたものだ。まるで、落ちこぼれと言われていた昔に戻《もど》ったような気がして、泣きそうな気分になった。

(魔術品評会ではうまくいったのに、またできなくなるなんて……。こんなんじゃ、指導してくれるクイン様にも申し訳ないわ……)

連日失敗続きの有様に、自分には魔法の才能がないのではないかと考えてしまう。そんな落ち込んだメラニーにクインが「もう一度やってみよう」と、提案した。

「もう一度ですか?」

「これは仮説だが、もしかしたら、魔力《まりょく》を流す量が多すぎるのかもしれない。今度はもっと少ない量の魔力で、ゆっくり注ぐようにやってみなさい」

「少ない魔力で……？　でも、それだとうまくいかないんじゃ……」

「いいから。ものは試《ため》しだ」

クインに言われ、疑問に思いながらも詠唱を始める。

(魔力を流す量をさっきの半分くらいにして……。そっと、ゆっくりと……)

慎重《しんちょう》に魔力量を調整しながら、手の先に魔力を込めていくと、先程《さきほど》と同様に氷の結晶が集まり、徐々に形を作り出していった。だが、形成の速度はゆっくりで、焦《じ》れったく感じる。しかも、速度を落として少量の魔力を流し続けるのは意外と難しかった。

(……あれ？　暴発しない？)

今度は途中で暴発することなく、氷の像が出来上がっていく。驚きながら魔力を流し続けると、細部まで銅像の馬そっくりの氷像が完成した。

「クイン様！　できました！　すごいです！　ちゃんと形作っています！」

魔法が成功した喜びに、はしゃいで振《ふ》り向くと、目を見開いたクインが啞然《あぜん》とした様子で固まっていた。

「……クイン様？　あの……どうでしょうか？」

もしかして何か問題でもあったのだろうかと不安に思って訊《たず》ねると、気づいたクインがゆるく首を振った。

「……いや、こうもあっさりと成功させると思っていなかったから、少し驚いただけだ。まさか、ここまで細部まで精巧《せいこう》に作るとは……すごいな」

「本当ですか？」

「ああ、文句のない出来だ。正直、これほどの精密な模造は、宮廷《きゅうてい》魔術師でも中々できる人間はいないだろう……」

その褒《ほ》め言葉にメラニーは驚く。

（クイン様ってば、いくらなんでも宮廷魔術師を引き合いに出すなんて、さすがに言い過ぎだわ。きっと、自信を持たせようとして言ってくれているのね）

メラニーはクインの気遣いに微笑むと、礼を言った。

「クイン様のアドバイスのおかげです。どうして、わかったのですか？」

「先程の暴発した反応が、魔法の基礎を学ぶ学生の間でよく見られるものと似ていたからだ。魔法の学びたてでは、魔力のコントロールの感覚がうまく掴《つか》めずに、暴発させたりすることはよくあるんだ。以前に君が魔法を使っている姿を見て、魔力制御《せいぎょ》は得意なのかと思い込んでいたから、すぐに気づけずにいたんだが、やはり同じことだったな」

「魔力制御……。前はできていたのに、どうしてできなくなったのでしょう？」

「これは推測だが、古代魔術に体が慣れてしまったからかもしれないな」

「え？」

「古代魔術は膨大《ぼうだい》な魔力を一気に注ぐような感覚だろう？　ここしばらく、魔術品評会に向けて、古代魔術の練習ばかりしていたから、無意識に同じ感覚で、魔力を流していたのかもしれない」

「あっ。そうかもしれません……」

言われてみれば、古代魔術を発動させるときは、全身の魔力を流す勢いで注ぎ込んでいた。このところうまくいかなかったのは、その感覚に引っ張られすぎていたからかもしれなかった。特に今回は、魔術品評会での魔法を意識していたので、その反応が顕著《けんちょ》に現れたのかもしれない。

「あの、クイン様。もう一度、今度は別の魔法で試してみてもいいですか？」

メラニーは今の感覚を忘れないうちにと、クインにお願いをする。

「そうだな。では、昨日失敗した魔法をやってみるか」

他の失敗していた魔法をクインの指導の下《もと》、もう一度挑戦《ちょうせん》すると、初めの数回は、感覚がまだ摑みきれず失敗したものの、何度か繰《く》り返すうちに調子を取り戻し、面白《おもしろ》いくらいにうまく発動することができた。

「はぁ、はぁ。……やった。これも成功だわ」

数種類の魔法を練習するうちに、体がポカポカと温かくなってきた。

額にかいた汗《あせ》を拭《ぬぐ》っていると、後ろで指導していたクインが声をかけてきた。

「メラニー。今日はもう止《や》めておこう」

「え？　もう、ですか？　あの、やっと調子が出てきたので、もう少し……」

「いや、ダメだ」

厳しい口調で言われ、クインの端整《たんせい》な顔がメラニーに近づいた。

「く、クイン様？」

鼻がぶつかりそうな距離《きょり》まで接近し、クインの紫色《むらさきいろ》の瞳《ひとみ》がメラニーの顔を覗《のぞ》き込んだ。

「顔色が悪いぞ」

「そ、そうですか？」

（ビックリした。……自分では体調が悪い感じはしないけど、でも、言われてみれば、少し火照《ほて》っているような？　熱中しすぎたのかしら？）

あるいは寒空の下に長く居続けたからかもしれない。

「悪化する前に、急いで屋敷《やしき》に戻ろう」

そう言うなり、クインはメラニーを抱き上げた。

「――っ⁉　く、クイン様⁉」

突然《とつぜん》のお姫様《ひめさま》抱っこにメラニーは動揺《どうよう》して、バランスを崩《くず》しかける。慌《あわ》ててクインの長い首にしがみつくが、この体勢はあまりにも恥《は》ずかしかった。

「あの！　自分で歩けますので、下ろしてください！」

「また倒《たお》れたらどうする？　大人しくしていなさい」

顔を真っ赤にして抗議《こうぎ》するも、クインは首を振って、スタスタと屋敷の方へ歩き出してしまう。

以前に倒れて大騒《おおさわ》ぎになったことに言及《げんきゅう》され、それ以上、言い返すことができなかった。

仕方なく、大人しく屋敷まで運ばれると、その姿を見た使用人たちがギョッと目を剥《む》いて、慌てた様子で集まってきた。

「メラニー様!?　どうされたのですか！」

「体調が悪そうだ。このまま部屋まで運ぶ」

クインは淡々《たんたん》と使用人たちに告げると、そのままメラニーを部屋まで運んだ。心配したメイドたちがわらわらと後ろに続くのを見て、メラニーは恥ずかしいやら、申し訳ないやらで、クインに抱《かか》えられながら小さくなった。

部屋に到着《とうちゃく》すると、ベッドに優しく下ろされる。

そこへ、茶色のおさげ髪《がみ》を垂らした侍女《じじょ》が部屋の中に入ってきた。

「メラニー様。倒れられたと聞きましたが、大丈夫《だいじょうぶ》ですか？」

「倒れてはいないから、大丈夫よ。心配しないで、マリア」

彼女は、最近になってメラニーの専属侍女としてやってきた少女だった。歳《とし》はメラニーと同じ頃《ころ》だが、しっかり者で、実年齢《じつねんれい》より大人びた雰囲気《ふんいき》を醸《かも》し出している。

現に今も、冷静にメラニーの様子を観察し、クインに訊《たず》ねた。

「一体、何が？」

「魔法の練習で少し無理をしたようだ。すぐに医者を呼んで――」

「そ、そこまでしていただかなくても大丈夫です！」

大事にし出すクインを慌てて止めに入る。

「しかし――」

余程心配なのか、クインは眉《まゆ》を顰《ひそ》める。

そんなクインとメラニーのやり取りを見て、マリアが間を取り持った。

「では、しばらくお休みになってみて、経過観察してから、お医者様を呼ぶか判断なさってみてはいかがでしょうか？」

「私もそれがいいと思います！　多分、少し休めば問題ないと思いますので」

マリアの提案にすぐさま同意するが、なおもクインは渋《しぶ》った様子を見せていた。

「……本当に大丈夫か？」

「はい。大丈夫です」

「お嬢様《じょうさま》もこうおっしゃっていることですし、旦那様《だんなさま》はお戻《もど》りくださいませ。何かありましたら、すぐにお呼び致《いた》しますので、ご安心を」

淡々とした口調で言い切るマリアに、クインは渋々折れる。

「では、くれぐれも頼《たの》む。……メラニー。無理をせず、休むように」

クインは名残惜《なごりお》しそうにメラニーの頭を撫《な》でる。その大切なものを扱《あつか》うような仕草に、眩暈《めまい》を覚えた。晴れて両思いとなってからというもの、一段と甘くなった気がする。

クインが部屋を出ていくと、マリアが呆《あき》れたように、ため息を吐《つ》いた。

「本当に旦那様から愛されておりますね」

改めて指摘《してき》されると、顔がボッと熱くなった。

「もう、マリアまで揶揄《からか》わないで。ちょっと心配性《しょう》なだけよ」

「そうですか？　過保護すぎるような気もしますけれど」

マリアの言うことはもっともで、ここ最近のクインは、ことあるごとに気を遣《つか》ってくれている。大切にされて嬉《うれ》しい反面、少々行きすぎな気もするが、倒れた前例があるだけに、メラニーからは強く言えずにいた。

魔術《まじゅつ》品評会の騒動《そうどう》での無理がたたり、三日間も昏睡《こんすい》状態となり、目が覚めてしばらくの間、養生を余儀《よぎ》なくされていたのだ。

その原因は、元々魔力が少ない体なのに、一度に大きな魔法を連続で使ったことにより、体に負荷《ふか》がかかってしまったことにあった。十七年間、碌《ろく》に魔法を使ってこなかった体で、古代魔術という途方《とほう》もなく膨大な魔力を使う魔法を発動させれば、無理が祟《たた》るのも当然であった。

あの時はクインだけでなく、家族にも大変な心配をかけてしまい、本当に申し訳なく思っている。

「しかし、旦那様が心配するのも当然かもしれませんね。病《や》み上がりなのですし、ご無理はなさいませんように。これから寒さも厳しくなりますし、しばらく魔法の練習はおやめになっては？」

「でも、やっと体調が戻って動けるようになったのよ？　お医者様も、魔法の練習は体を魔力に慣らすのに良いっておっしゃっていたし。いつまでも、クイン様に迷惑《めいわく》をかけたくないわ」

ただでさえ養生中は忙《いそが》しい仕事を休んで、付きっきりで面倒《めんどう》を見てもらっていたのだ。今も、そのまま長期休暇《きゅうか》を申請《しんせい》し、こうしてリハビリに付き合ってくれている。いつまでも休んでいたら、クインの職場にも迷惑をかけてしまうだろう。

そんなメラニーの心中を察したのか、マリアは小さくため息を吐いて、苦言を呈《てい》した。

「焦《あせ》る気持ちはわかりますが、また倒れたら、結婚《けっこん》式が延期になるかもしれませんよ」

「そ、それは困るわ！」

「だったら、安静になさっていてください」

「……わかったわ」

「今、お着替《きが》えをお持ちしますね」

淡々と告げ、マリアは着替えを取りに部屋を出て行ってしまった。

誰《だれ》に対しても素っ気ない態度を取る彼女は、一見すると怒《おこ》っているようにも見えるが、それが彼女の通常運転らしい。しかし、愛想《あいそ》は悪いものの、どんな仕事も淡々とこなすので、長年クインに仕えているメイドたちからはとても評判が良かった。

それもそのはず、マリアはメラニーを心配した両親が送り込んできたスチュワート家の侍女だった。侯爵《こうしゃく》夫人である母に見込まれただけあって、マリアの働きぶりはそつがない。この春、メラニーは成人を迎《むか》え、夏には結婚式を予定しているが、この式に関しても、今からマリアが主体となって準備を進めているそうだ。

（……夏には結婚か）

メラニーはベッドの上にゴロンと横になると、しみじみと結婚式に思いを馳《は》せる。

初めは仮初《かりそめ》だった婚約も、こうして想《おも》いが繋《つな》がり、正式にクインと結婚できるなんて夢のようだった。

（マリアの言うとおりかもしれないわ。クイン様に迷惑をかけていることが後ろめたくて、焦ってしまっている。だって、何もしないでいると、前のように役立たずな自分に戻った気がするんだもの……）

スチュワート家の落ちこぼれと周りから後ろ指をさされて過ごした長い年月は、今もまだメラニーの心の奥にしこりとなって残っていた。

（あの時のような惨《みじ》めな自分に戻りたくない。早く元気になって、クイン様に認められるような立派な魔術師になりたい……）

両手を天井《てんじょう》に向け、自分の小さな手を見つめた。

「でも、私なんかが、なれるかしら？」

頼《たよ》りない手のひらを見つめ、メラニーは小さくため息を吐いた。


結局、その日以降、雪がちらつき始め、魔法の練習は中止となった。代わりに、室内で古代魔術の研究をして過ごしていると、クインの下へ城から手紙が届いた。

執事《しつじ》から手紙を受け取ったクインが内容を確認《かくにん》し、露骨《ろこつ》に眉《まゆ》を顰《ひそ》めた。

「もしかして、お仕事ですか？」

メラニーが問うと、クインは渋い顔で頷《うなず》く。

「ああ、呼び出しだ。しばらくは仕事を入れないようにしていたが、仕方ない。まだ、遠《えん》征《せい》でないだけマシか」

クインは国一番の実力を持った宮廷《きゅうてい》魔術師だ。宮廷魔術師の中でも実力者が揃った、国内外に蔓延《はびこ》る魔物の退治をメインとした魔術師団に所属しており、遠征に出かけることが多い。

そんなクインがいつまでも休んでいたら、強力な戦力が欠けることになる他《ほか》の魔術師たちにとっては大きな痛手だろう。国のためにも、これ以上メラニーのせいで迷惑をかけるわけにはいかなかった。

(少し寂《さび》しいけれど、仕方ないわよね)

「困ったことに、泊《と》まり込みの仕事になるかもしれない。その間、一人にさせてしまうが大丈夫《だいじょうぶ》か？」

心配そうに見つめられ、メラニーは安心させるように微笑《ほほえ》んだ。

「クイン様。心配しすぎです。何かあったらマリアもいますし、大丈夫ですよ」

しかし、クインはまだ心配なのか、メラニーの肩《かた》に手を乗せて、言い含《ふく》めるように忠告した。

「もし誰か訪ねてきても、無闇《むやみ》に招き入れないように。確認するが、外出の予定はないな？　前に話したと思うが、魔術品評会の一件で、貴族たちから注目されているんだ。気をつけた方がいい」

彼の真剣《しんけん》な表情に、どうしてそこまで心配するのか、メラニーは疑問に思った。養生中、屋敷《やしき》を訪《おとず》れる貴族はいなかったし、そういった誘《さそ》いの手紙もなかった。考えすぎのように感じたが、とはいえ用心するに越したことはない。屋敷でじっとしていれば、何も問題はないだろう。

「本当にわかっているか？」

念を押すように言われ、メラニーは慌《あわ》てて頷いた。

「大丈夫です。お屋敷に籠《こも》って大人しくしております。あの、クイン様もお仕事頑張《がんば》ってください」

「ああ、わかった。……だが、本当に気をつけるんだぞ」

「もう。しつこいですよ」

念押しするクインに頬《ほお》を膨《ふく》らませると、クインは謝った。

「すまない。君が心配なんだ」

「私の心配より、ご自身のことも少しは大事にしてください。雪も降ってきましたし、特に外での任務は気をつけてください。お体を冷やさないようにして……それと、足元にも気をつけて」

メラニーが心配の言葉を並べると、クインは照れたように苦笑《くしょう》した。

「心配してくれるのは嬉《うれ》しいが、まるで子どものようだな」

「クイン様だって、私を子ども扱《あつか》いするじゃないですか」

「そうか？　そう思わせていたなら、すまなかった」

クインは目を細め、メラニーの頭を撫でた。その優《やさ》しい眼差《まなざ》しに、こそばゆく感じたが、同時に申し訳ない気持ちにもなった。彼が過度に心配してしまうのは、自分が頼りないからだろう。

　こうして、考え過ぎて落ち込んでしまうのも、心配をかける原因なのかもしれない。

　メラニーは頭の中の不安を振《ふ》り切って、安心させるように笑《え》みを作った。

「早くお戻《もど》りくださいね」

「ああ、わかった。できるだけ早く戻るよ」


　城の裏手に建てられた宮廷魔術師《まじゅつし》の研究施設《しせつ》。その中にあるクインの部屋に公私共に親しくしているケビン王子が訪れていた。

　いつものニコニコとした笑みを浮《う》かべ、久しぶりに職場に姿を現したクインに対し、

「長期休暇はもう終わりか？」と、冗談《じょうだん》を口にする。王子という立場で忙しいはずなのに、息抜《いきぬ》きなのか知らないが、こうして頻繁《ひんぱん》に訪ねてくる親友に呆《あき》れつつも、クインは答えた。

「仕事が片付き次第《しだい》、戻るつもりだ。そっちこそ、品評会での騒動《そうどう》の後始末が残っているという話だったが、そちらはもう解決したのか？」

　我が物顔でソファに座るケビンに訊《たず》ねると、ケビンは小さく肩を竦《すく》めた。

「まぁ、大体はな。そうだ、メラニー嬢《じょう》の具合はどうだ？」

「だいぶ回復してきている。最近は体を魔力に慣れさせるために、魔法の練習を始めたところだ」

「そうか。それは良かった」

「最初はなかなか調子を取り戻せなくて、苦戦していたが、今ではすっかり上達しているな。毎日、楽しそうに練習しているよ」

「ほう。例の古代魔術を練習しているのか？」

「いや、あれは体に負荷《ふか》がかかりすぎるから、しばらく禁止させている。今は現代魔法をメインに基礎《きそ》を改めて学ばせているところだ。だが、元々素質があるのだろうな。教えたことを、あっという間に習得してしまうんだ。こちらが出す課題に対しても、想像以上のものを見せてくれるし、さすがはスチュワート家の娘《むすめ》と言わざるをえないな。あの才能が今まで埋《う》もれていたなんて、本当に信じられないことだ」

「なんだ？　可愛《かわい》い弟子《でし》の自慢《じまん》か？」

ニヤニヤと笑みを浮かべたケビンに茶化《ちゃか》され、クインはハッとなって口を噤《つぐ》んだ。そんなつもりはなかったが、少々饒舌《じょうぜつ》に語りすぎたようだ。

「人間嫌《ぎら》いのお前が、まさかこんな溺愛《できあい》ぶりを見せるとは、人は変わるものだな」

「うるさい」

クインが睨《にら》むと、ケビンはケラケラと笑って話を変えた。

「しかし、久しぶりに顔を出したと思ったら、これから魔物退治か？」

机の上に並べた装備品の点検をしているクインを見て、ケビンが訊ねた。

「ああ。城壁《じょうへき》付近を大型の魔物が徘徊《はいかい》していると、報告が入ったようでな。まだ被害《ひがい》は出ていないらしいが、人員を投入して、大がかりな調査が入ることになったそうだ」

報告によると、危険度の高い魔物が現れたらしく、クインの所属する魔術師団が指揮を執《と》るよう、上から命令が下っていた。

その説明に、ケビンが怪訝《けげん》そうに眉間《みけん》に皺《しわ》を寄せた。

「そんな危険な魔物が？　まだ私の耳には入っていないが、どこから下された命令だ？」

「議会のマーシャル議員だが？」

「マーシャル……。あの男か」

「何か問題でも？」

「いや、最近になって議会で際《きわ》どい発言をしていると噂《うわさ》になっている男だ。……例の審問《しんもん》会にメラニー嬢の召集《しょうしゅう》を強く求めていたのも、その男だ」

突然《とつぜん》、メラニーの名が出て、クインは驚《おどろ》いて手を止めた。

魔術品評会でエミリア・ローレンスが使った魔法陣《まほうじん》が暴発し、ガルバドという危険な魔物が暴れた一件は大変な騒《さわ》ぎとなり、罪状を審議するための審問会が開かれた。その場にクインやメラニーも召集されそうになったが、彼女の今後を考え、養生中を理由にして、召集を断ったのだった。

議員たちや貴族らがメラニーの召集を求めた理由は、事件の概要《がいよう》を聞くことが目的ではなく、彼女が披露した魔法について詳《くわ》しく聞くためだったからだ。

致《いた》し方《かた》ないことだったとはいえ、ガルバドという危険な魔物を見事に倒《たお》した彼女は、その場にいた人々に強烈《きょうれつ》な印象を与《あた》えてしまったのだ。彼女に魔術品評会の出場を勧《すす》めたのはクインだったが、正直、ここまで大事になるとは予想外だった。

おかげで、魔術品評会後から、メラニーに接触《せっしょく》を図《はか》ろうとする貴族が増えていた。屋敷にも彼女宛《あて》の手紙やパーティーなどの招待状が山のように届いていたが、メラニーの目に触《ふ》れる前に全《すべ》て握《にぎ》り潰《つぶ》していた。

心配をかけたくないので、このことは彼女に秘密にしているが、いつまで隠《かく》し通せるかわからない。ほとぼりが冷めるのを待っている状態だったが、もうしばらくは貴族たちからの接触は途切《とぎ》れないだろう。

「……では、今回の魔物が出たという話は虚偽《きょぎ》か？　だが、何のために？　審問会の件の腹いせか？」

「まだ嘘《うそ》だとは決まっていない。だが、わざわざ休暇《きゅうか》中のお前を名指しして呼び寄せるあたりが怪《あや》しい。ただの嫌《いや》がらせなのか、それとも別に魂胆《こんたん》があるのかわからないが、用心した方がいいだろう。最近のマーシャル議員の行動は読めないからな。昔は議会でも黙《だま》って周りに合わせているような地味な男だったんだが……」

「だが？」

言いにくそうに言葉を濁《にご》すケビンにクインは眉《まゆ》を顰《ひそ》めて、続きを促《うなが》した。すると、ケビンはため息を吐《つ》き、諦《あきら》めて白状した。

「半年ほど前から、姉上の派閥《はばつ》に入ったようだ」

「……姉上というと、ユスティーナ王女か」

「ああ」

苦々しく頷《うなず》く顔は、いつも飄々《ひょうひょう》としているケビンが滅多《めった》に見せない表情だった。

あまり立ち入ったことを聞かないようにはしているが、時々ケビンから聞く話から察するに、二人の関係性はあまりいいものではないようだ。

噂では王位継承《けいしょう》権を巡《めぐ》り、水面下で派閥争いが繰《く》り広げられているという事だった。

現在はケビンが第一継承権を持っており、このまま順当にいけば彼が跡《あと》を継《つ》ぐことになっているが、そこにユスティーナ王女が口出しをするようになったらしい。

ユスティーナ王女は生まれつき体が弱く、王位を継ぐことはないと言われてきた。しかし、最近になって王弟である叔父《おじ》と手を組んだとか、きな臭《くさ》い噂がクインの耳にも届いていた。

クイン自身も、ユスティーナ王女から、王女側の陣営につかないかと、何度か勧誘《かんゆう》を受けたことがあった。丁重《ていちょう》に断り続けたら、接触もなくなったので、ようやく諦めたのかと思っていたのだが……。

「……まさか、今回の魔物調査の件も、王女が手を回した可能性が？」

「確証はない。マーシャル議員の独断の可能性もある。ただの腹いせならばいいが。私も姉上の動きに注意を払《はら》っておこう。何かあったら、すぐに知らせを入れる。お前はもちろん、メラニー嬢のこともな」

今朝のメラニーの様子を思い出し、一抹《いちまつ》の不安がよぎった。

彼女のことを信頼《しんらい》していないわけではないが、何度となく、貴族たちには気をつけるよう言っても、いまいち危機感を持っていないようなのだ。ただでさえ、箱入り娘ということもあり、世間知らずな彼女だ。狡猾《こうかつ》な貴族たちに簡単に言い含《ふく》められそうな危《あや》うさを秘《ひ》めており、クインはそれを危惧《きぐ》していた。

（まずいな。一時的な騒ぎとして、ほとぼりが冷めるのを待っていたが、もっと警戒《けいかい》を強めた方がいいか？　いっそのこと、一旦《いったん》、彼女を実家に帰すべきか……）

メラニーの実家であるスチュワート家は、他貴族から一目置かれる存在だ。あそこなら、彼女を上手《うま》く匿《かくま》ってくれるだろうと思うが、それでは彼女のことを守りきれないと言っているようなものだ。それに、結婚《けっこん》式前に余計な心労もかけたくないので、スチュワート家を頼《たよ》るのは最後の手段にしたい。

クインはため息を吐くと、屋敷《やしき》で留守番させているメラニーに思いを馳《は》せた。

(屋敷で大人しくしていると約束させているから、大丈夫《だいじょうぶ》だとは思うが、この仕事を早く片付けて、彼女の下《もと》に帰らなければ……)

クインが仕事に出かけて、三日目の朝。メラニーは朝起きて一番にクインの在宅を確認《かくにん》するが、昨夜も帰ってこなかったようだ。城壁周辺の魔物調査で、しばらくの間、戻《もど》れないという内容の手紙が届いていたが、連日、姿を見ることができないのは思いの外、堪《こた》えた。クインが側《そば》にいることに慣れてしまったのか、寂《さび》しい気持ちは日に日に募《つの》るばかりだ。

怪我《けが》をしていないか心配だし、気づけば一日中クインのことばかり考えてしまって、何も手につかない状態が続いていた。さすがにこのままではいけないと思い、古代魔術の文《ぶん》献《けん》でも読んで気を紛《まぎ》らわそうと、工房《こうぼう》で本を読んでいると、慌《あわ》てた様子のマリアが部屋に駆《か》け込んできた。

「メラニー様、大変です!」

いつも冷静なマリアが狼狽《うろた》えている姿を初めて見て、メラニーは驚いて訊《たず》ねる。

「どうしたの？」

「これを――」

マリアが震《ふる》える手で一通の封筒《ふうとう》を差し出した。

「これは？」

誰《だれ》からだろうと思い、封筒を裏返すと、そこに押された紋様《もんよう》にギョッとする。

赤い封蠟《ふうろう》に押された紋様は、この国の王家の紋章だ。

つまり王族からの手紙である。

「これ、私宛で間違《まちが》いない？」

「はい。間違いございません」

神妙《しんみょう》な顔でマリアが頷く。さすがの彼女も王族からの手紙に緊張《きんちょう》しているようだ。

「……一体、誰からかしら？」

王族の知り合いなんて、クインの友人であるケビン王子くらいしか知らないが、彼がクインを介《かい》さずにわざわざメラニーに手紙を出すとは考えにくい。

もしかして、魔術品評会で騒動《そうどう》を起こしたことについての呼び出しだろうか？

エミリアたちの処罰《しょばつ》を決める際、メラニーにも審問会に出席するよう話があったのだが、養生中ということもあって、結局その話は無くなったとクインから聞かされていた。

そのくらいしか呼び出しの理由は思いつかないが、どうなのだろうか。

恐《おそ》る恐る封を開けて、手紙の内容を確認してみる。

「――招待状のようね」

差出人はこの国の王女で、詳しい理由は書かれていないが、メラニーに会いたいという内容のものだった。

「どうして王女様がお嬢様《じょうさま》に？　面識がおありですか？」

「いえ、ないわ。……昔、城でのパーティーでお見かけしたことがあるくらいかしら？」

この国の王女は一人だけで、ケビン王子の二つ上の姉のはずだった。

名前はユスティーナ・フォステール。生まれつき持病があるため、あまり公《おおやけ》の場に出てくることはなく、貴族でも直接王女様に会ったことがある人間は少ないと聞く。病気のせいか、結婚はしていないらしく、今も城で暮らしていた。

メラニーも過去に一度だけパーティー会場で姿を見たことがあったが、その時は挨拶《あいさつ》をする前にすぐに引っ込まれてしまったため、遠目にしか見ることができなかった。

丁度、その辺りからだろうか？　元婚約者であるジュリアンの当たりがますます激しくなって、屋敷に籠《こも》ることが増えたので、それ以降は姿を見たこともなかった。

「お父様やお母様ならわかるけれど、王女様がなぜ私を？」

「スチュワートご夫妻も王女様と面識があるとは聞いたことがありませんが……」

母の侍女《じじょ》として仕えていたマリアは、父母の社交関係にも詳しい。

しかし、そうなると余計にこの招待は疑問だ。

「本物かしら？　なんだか突然《とつぜん》すぎて、信じられないわ」

「さすがに王家を騙《かた》るのは重罪ですので本物かと。しかし……あまりに急すぎますね」

「え？」

マリアの指摘《してき》によくよく手紙を見ると、なんと面会の日時は今日の午後を指していた。

「え！　今日⁉　――ど、どうしましょう！」

普段《ふだん》だったらクインに相談するところだが、こんな急では連絡《れんらく》を取ることもできない。

「養生を理由に断ることもできると思いますが……」

「でも、王族から直接の招待よ。不敬にあたらないかしら？」

「それは……」

王女様相手に無礼を働くわけにもいかないだろう。あまりに想定外の事態にマリアも黙《だま》り込んでしまった。

(相手はこの国の王女様。勝手に断れば、クイン様の立場も悪くなるかもしれない――)

「行きましょう」

これ以上、クインに迷惑《めいわく》をかけたくないという焦《あせ》りがメラニーを決心させた。

メラニーが覚悟《かくご》を決めると、マリアも諦めた様子で頷いた。

「……そうですね。一応、旦那《だんな》様には知らせを出しておきます。お嬢様は急いで支度《したく》をしましょう」

そうと決まれば、マリアの動きは早かった。

執事《しつじ》を呼び、クインへの連絡と馬車の用意をお願いすると、急いで屋敷のメイドたちを集め、メラニーの支度に取りかかった。

マリアの手によって、あっという間に着替《きが》えと髪《かみ》のセットが終わり、いつものように魔力《まりょく》供給の魔石が付いたペンダントを取ろうとして、手を止める。

ドレスとペンダントが合わないのだ。いつもはローブの中に隠《かく》しているので気にしたことがなかったが、装飾《そうしょく》用に作られていないので、ドレスと合わせると目立ってしまう。

「どうしよう。マリア……」

「これぱかりは仕方ありませんね。それに、警備が厳重な城の中で、魔法を使うような危険なこともないと思いますが？」

「それもそうね。……そうなると、メルルもお留守番かしら？」

メラニーは部屋の片隅《かたすみ》でとぐろを巻いて眠《ねむ》っている白い大蛇《だいじゃ》に目をやった。

出かける時はメラニーの護衛として活躍《かつやく》している使い魔のメルルだが、連れて行ったら、王女様を驚《おどろ》かせてしまうだろう。

「はい。お留守番でお願いします」

メルルを見て、僅《わず》かに眉《まゆ》を顰《ひそ》めたマリアは即答《そくとう》で頷《うなず》いた。

（護身用のペンダントもなく、メルルもいないとなると不安だけど、仕方ないわよね）

表情に出ていたのか、メラニーの顔を見て、マリアは言う。

「私もついてまいりますので」

「そうね。頼りにしているわ」

侍女という立場だったが、マリアはスチュワート家の分家の一人で、魔法にも長《た》けていた。魔術師の名門として有名な本家の娘《むすめ》より、分家のマリアの方が魔術に優《すぐ》れているというのも皮肉な話だが、魔力のないメラニーの存在が稀《まれ》なのだ。

（私なんかより、マリアの方がよっぽどスチュワート家の娘っぽいわね）

魔術に優れ、頭の回転も速く、機転が利《き》き、キビキビと動く姿は自分にないものばかりだ。

メラニーがそんなことを考えている間に、マリアは別のアクセサリーを用意する。

「馬車の用意もできたようです。お化粧《けしょう》は馬車の中で行いましょう」


大慌《おおあわ》てで馬車に乗り込み、城に到着《とうちゃく》すると、早速《さっそく》王女の下《もと》へ通された。

「突然の招待でごめんなさいね」

出迎《でむか》えた王女は気さくな雰囲気《ふんいき》でメラニーに話しかける。

広い応接室には王女の使用人たちがずらりと控《ひか》えており、その中の数人がお茶とお菓子《かし》を用意する。王女がカップに口を付けるのを見て、メラニーも紅茶をいただくが、緊張のせいで味はよくわからなかった。

紅茶を飲みながら、そっと目の前の王女を見つめる。

銀色の長い髪を下ろした王女様は、整った鼻筋と真っ白い肌《はだ》をしており、まるで絵画から出てきたかのような容姿だった。長いまつ毛に覆《おお》われた、憂《うれ》いを帯びた青い瞳《ひとみ》は近寄り難《がた》い美しさを秘《ひ》めている。しかし、発せられる声はふんわりと柔《やわ》らかく、微笑《ほほえ》んだ目元は弟のケビン王子とよく似ていた。

「今日は体の調子が良かったから、つい衝動《しょうどう》のまま招待状を出してしまったの。こうして来てくださってとても嬉《うれ》しいわ」

普段はなかなか外に出られないので、人を招いて話をすることが好きなのだと説明するユスティーナは無邪気《むじゃき》な乙女《おとめ》のようだった。

生まれつき病弱で城からほとんど出ないというのは本当のことらしい。

しかし、気品溢《あふ》れるオーラはさすが一国の王女だ。こうしてソファに座り、真正面から向かい合っていると、その神々《こうごう》しい気品に気圧《けお》されそうになり、人見知りのメラニーは逃《に》げ出したい気分になった。

「あの、本日はどうして私を……？」

恐る恐る問いかけると、ユスティーナは目を細めてメラニーを見つめた。

「あなたとは一度お会いしてみたかったの」

「私に……ですか？」

「ええ。ケビンと仲良くしているそうじゃない。あの子と仲良くしていただいて嬉しいわ」

ケビン王子を「あの子」と呼ぶことも驚きだが、仲良くというのは些《いささ》か誤解があるようだ。

「クイン様──、いえ、ブランシェット様とケビン殿下《でんか》が親しくされているので、その関係でお話しする機会があっただけです」

「ふふ。そうね。あなたはあのブランシェットの婚約者であり、弟子《でし》でもあるのよね。先日の品評会での活躍、私《わたくし》も聞かせてもらったわ。実は私も会場にいたのだけど……」

「王女様もあの場に？」

「ユスティーナでいいわ」

微笑むユスティーナにメラニーは言い直す。

「ユスティーナ様──も、見ていらしたのですか？」

「途中《とちゅう》までね。すぐに避難《ひなん》させられたから、あなたの華麗《かれい》な活躍までは見ていないの」

そういえば、エミリアの魔法陣が暴発してガルバドが暴れた時、会場は混乱し、王族たちは真っ先に避難したことを思い出した。

「あの場に留《とど》まっていれば、あなたの魔法を見られたのに本当に残念だったわ。人伝《ひとづて》にあなたの活躍を聞いて、私もあの場にいれば良かったと後悔《こうかい》しているのよ」

「い、いえ。あの時は危険でしたので。わ、私も無我夢中だったというか……」

今、思い返してみても、自分でもよくあんな無茶《むちゃ》ができたなと思う。火事場《ば》の馬鹿力《かぢから》ではないが、あの時はとにかくなんとかしなければと必死だったのだ。それに、信頼《しんらい》してくれるクインの存在があったからできたので、メラニー一人だけの活躍というわけではない。

「謙遜《けんそん》することはないわ。それで――古代魔術を使いこなせるというのは本当なの？」

いきなり突《つ》っ込んだ質問がきて、どこまで答えていいものか、慎重《しんちょう》に考える。

魔術品評会で披露《ひろう》した魔法のせいでメラニーは注目の人となってしまい、騒《さわ》ぎを恐《おそ》れたクインからは、当面の間、古代魔術のことは大っぴらにしないほうがいいと忠告されていた。しかし、品評会での出来事を耳にしているのならば、下手《へた》に嘘《うそ》もつけない。

壁際《かべぎわ》に控えるマリアにそっと目を向けると、彼女も小さく首を横に振《ふ》って『余計なことを言わないように』とメラニーに伝えてくる。

「……ほんの少し古代語が読めるだけです。あの日披露した魔法陣《まほうじん》に関しては、クイン様と古代魔術研究室の方々の協力があったからできたことです」

この程度ならば許容範囲《はんい》だろうか？　マリアの表情を窺《うかが》いながら、ユスティーナに視線を戻《もど》した。

するとユスティーナは顔を綻ばせて、手を合わせる。

「古代語が読めるのね。それは良かったわ」

「え？」

「実は、あなたにどうしても見ていただきたいものがあったの」

そう言って、ユスティーナは使用人を呼ぶ。すると、すぐに一人の侍女《じじょ》が小さな箱が載《の》ったトレイを運んできた。ユスティーナは侍女から小箱を受け取ると、蓋《ふた》を開け、メラニーの前に置いた。

「――指輪ですか？」

箱の中央に鎮座《ちんざ》したものは小さな指輪だった。

宝石が嵌《は》められていないシンプルな指輪だが、女性物にしては厚みがあり、無骨なデザインは可憐《かれん》なユスティーナの指には似合わない品だ。

「幼い時にお祖母《ばあ》様から譲《ゆず》り受けた物だけど、いつの時代のものかもよくわかっていないの。内側に古代語が彫られているらしくて、お祖母様も自分の母親から譲り受けたものなんだけど、なんと書いてあるのかもわからなくて……」

「どういったものなのか伝わっていないのですか？」

「ええ、そうなの。だから、ずっと気になっていて。……読めるかしら？」

（どうして、王女様が私を招待したのかと思ったけど、もしかして、これを見て欲しくて、わざわざ私を呼び寄せたということなのかしら？　だとしたら、とても大事な品なのね。力になってあげたいけど、私に読めるかしら？）

「良かったら、お手に取ってみて」

ユスティーナが期待を込めた目で見つめてくるので、メラニーは手袋《てぶくろ》をした指で慎重に指輪を摘《つま》んだ。

目を近づけて検分すると、確かに内側に古代文字が彫《ほ》られていた。ユスティーナの言う通り、かなりの年代物のようだ。代々王族で受け継いでこられたものなのかもしれない。中に刻印されている文字が何なのか気になるのも当然だろう。

「送り主の名前とかが彫られているのかしら？」

「……いえ、人の名前ではないようです。……何かのメッセージ、でしょうか？」

（『愛』、『正しい人』、『守るもの』……。それと、『賛辞を送る』？　いえ、これは『祝福』ね）

頭の中にいくつかのキーワードが浮《う》かび上がり、一つの文章を思いつく。

「『祝福をもって、相応《ふさわ》しき者を保護する』かしら？」

思いついた文章を小声で口にすると、不意に魔力が流れる感覚に襲《おそ》われた。

メラニーの意思とは関係なく、体を微量《びりょう》の魔力が駆《か》け巡《めぐ》り、指先から指輪へと流れる。

（――えっ？）

全身から力が抜《ぬ》けるような強烈《きょうれつ》な感覚には覚えがあった。品評会で古代魔術を改良した魔法陣を使った時と同じ、魔力が吸い取られる感覚だ。

驚《おどろ》いて指輪を放すと、指輪は箱の中に転がり落ちた。

「す、すみません」

メラニーは慌《あわ》てて転がった指輪を拾おうとして異変に気づく。

指輪に彫られた古代文字の一部が、淡《あわ》く黄金色の光を放っていた。

予想しなかった展開にメラニーの顔からサーと血の気が引いていく。

だが、次の瞬間《しゅんかん》にはその光は消え、指輪はすぐに沈黙《ちんもく》した。

（――指輪が反応した⁉　じゃあ、これはただの装飾品《そうしょく》じゃなくて、魔術具⁉）

「メラニーさん？」

ユスティーナが不思議そうに、どうしたのかとメラニーの顔を覗《のぞ》き込んでいた。

（――もしかして、今の反応に気づいてなかった？）

メラニーはホッとして、すぐに気持ちを切り替《か》える。

（特に発動した感じはないみたい。……でも、これが魔術具だとしたら危ないところだったわ……）

指輪をじっと見つめ、魔術が発動していないことを確認《かくにん》してから、恐る恐るユスティーナに訊《たず》ねた。

「あ、あの……一つ確認なのですけど、この指輪は魔術具なのでしょうか？」

「お祖母様からは特に聞いてないけれど……。そう訊ねるということは、これは魔術具なの？」

驚いた様子で答えるユスティーナの表情からは、嘘は言っていないように思えた。

「……おそらく。彫られている単語から見るに、魔術具の可能性は非常に高いと思います。詳《くわ》しくはわかりませんが、多分守護に関するものかと……」

基本的に古代魔術は現代魔術よりも威力《いりょく》があり、どんな反応をする魔術具かわからない以上、発動させることは危険すぎた。

幸いなことに今回はメラニー自身が保有する魔力が極々《ごくごく》微量だったため、魔力が足りずに不発に終わったようだが、もし、いつも通りに魔力供給のペンダントをしてきていたら、指輪に込められた魔術は発動していたかもしれない。そのことを考えると、背筋に嫌《いや》な汗《あせ》が流れた。

「あ、あの……差し出がましいかもしれませんが、魔術具の可能性がある以上、厳重に管理なさるのが良いかと思われます」

「そう……」

ユスティーナは残念そうに顔を曇《くも》らせた。余程《よほど》、思い入れのある指輪なのだろう。その悲しそうな表情に良心が痛んだが、これも安全のためだ。

ユスティーナが使用人を呼んで指輪を片付けさせると、やっと息をつくことができた。

ふと視線を感じて顔を上げると、目を吊《つ》り上げたマリアと目が合う。

(――ひっ!)

かろうじて悲鳴を飲み込んだメラニーは、心の中でマリアに謝り倒《たお》した。

(ああああ。マリア、ごめんなさい!)

あの様子ではメラニーがやらかしたことに気づいたのだろう。これは帰ったら、クインに報告されてしまう。

(うう、クイン様にも大人しくしているように、って言われたのに、私ったら! きっと怒《おこ》られるわ。やっぱり養生を理由に面会を断った方が良かったかしら。でも、そんなことをして王族に目をつけられるのも嫌だし……。それにクイン様に悪い印象を与《あた》えてしまうのは避《さ》けたかったんだもの……)

今更《いまさら》どうしようもないことを考えていると、ユスティーナが声をかけた。

「あれが魔術具だとわかっただけでも嬉《うれ》しいわ。多分、王家に伝わる大事なものなのね。ありがとう、メラニーさん」

「い、いいえ。そんな……」

「良かったら、お礼をさせてくれないかしら？　私のお気に入りの場所を案内したいの。きっと、メラニーさんも気に入ると思うわ」

「お気に入りの場所……ですか？」

「ええ。ついてきて」

楽しそうに微笑《ほほえ》んだユスティーナは席を立つと、ドアの方へと歩き出してしまった。

メラニーも慌てて立ち上がろうとしたが、その途端《とたん》、目の前がくらりと歪《ゆが》んだ。

「メラニー様、大丈夫《だいじょうぶ》ですか？」

立ちくらみを起こすメラニーにマリアが駆け寄る。幸いなことにユスティーナは気づいていないようで先に部屋を出て行った。マリアにつかまりながら立ち上がるが、足にうまく力が入らなかった。

「ごめんなさい。なんだか体が……」

「恐《おそ》らく魔力《まりょく》切れを起こしているのだと思います。メラニー様、これを」

マリアは服のポケットから液体の入った小瓶《こびん》をこっそりと取り出した。

「魔力の回復薬です。メラニー様の場合、一口でいいでしょう」

小瓶を受け取り、薄《うす》い緑色の液体を口に含《ふく》むと舌の上にピリリと苦い味が広がった。即《そっ》効《こう》性のものだったようで、すぐに体の奥から魔力が戻《もど》ってくるのが感じられた。

メラニーの極微量しかない魔力では大した魔法を使うことができないので、自分の魔力が枯渇《こかつ》する感覚をすっかり忘れていたが、さすがはマリアだ、よく気がついてくれた。

「ありがとう。助かったわ。……マリアは指輪が光ったの、見えた？」

「はい」

「ユスティーナ様は気がつかなかったのかしら？」

「あの様子だとそうみたいですね。ほんの一瞬だけだったので、私も見間違《みまちが》いかと思いました。……しかし、お気をつけください。あのような不用意な真似《まね》は」

「ごめんなさい。気をつけます。あの……このことはクイン様に」

「もちろん言います」

キッパリと言われてしまった。

「マリア……」

「叱《しか》られてください」

懇願《こんがん》するも、バッサリと切り捨てられてしまい、項垂《うなだ》れる。

しょんぼりと反省をしていると、マリアがメラニーの腕《うで》を取り、耳元で囁いた。

「なんだか、胸騒《むなさわ》ぎがします。タイミングを見計らって、帰りましょう」

「……そうね。そうしましょう」

ユスティーナは優《やさ》しそうだが、やっぱり王族と接するのは緊張《きんちょう》した。マリアの言うように折を見て、退出した方が良さそうだ。

「こちらよ」

ユスティーナが案内したのは城の一階にある中庭に面した部屋だった。

部屋自体は控《ひか》えの間のようで、奥には更に扉《とびら》があり、その前に衛兵が立っていた。

位置的に中庭に続く扉のようだが、ユスティーナが案内したい場所というのは中庭なのだろうか？　しかし、今の季節はかなり寒い。その格好では風邪《かぜ》を引かないだろうかと心配になるが、ユスティーナは扉を潜《くぐ》っていく。

困惑《こんわく》しながらついて行こうとすると、メラニーの後ろに続いたマリアが衛兵に止められた。

「お付きの方はこちらでお待ちください」

「え……でも……」

「お嬢様《じょうさま》。私はこちらで待っておりますので。――くれぐれもご用心を」

マリアが心配そうな表情を浮《う》かべ、小声で囁《ささや》く。

「……わ、わかったわ」

仕方がない。ここはメラニー一人で行くしかないようだ。

覚悟《かくご》を決め、扉を抜《ぬ》けると、ぶわりと温かい空気が肌《はだ》に吹《ふ》きつけた。

驚《おどろ》いて周りを見回すと、天井《てんじょう》から眩《まばゆ》い日差しが差し込み、周囲には色とりどりの花が咲《さ》き誇《ほこ》り、大きい葉のついた木々が至る所に植わっていた。

どうやらここはガラス張りの温室らしい。

「わぁ。素敵《すてき》な温室ですね」

「そうでしょう。私のお気に入りよ」

ユスティーナが自慢《じまん》する通り、心地《ここち》のいい温室だった。

(あ、あれは傷薬に使われる葉っぱだわ。こっちは煎《せん》じて飲むと腹痛に効く薬草ね。あれも図鑑《ずかん》に載《の》っていた植物だわ。木の根が滋養《じよう》に効果あるのよね)

つい、調合に使用できる植物ばかり気になってしまう。この辺ではあまり見ない暖かい地方の花や草木が植えられており、そのめずらしい品種と種類の豊富さに感動する。

(さすが城の温室ね。薬関連の植物が多いのは、お体の弱いユスティーナ様のためかしら?)

そんなことを考えながら、ユスティーナの後について温室の中を歩くと、奥の方から人の話し声が聞こえてきた。

(——あれ、誰《だれ》かいる?)

困惑してユスティーナを見上げると、彼女は蠱惑《こわく》的な笑《え》みを浮かべ、メラニーの手を取ると、話し声の方へ誘《いざな》った。思いの外、強く手を握《にぎ》られたことに驚きながら、ユスティーナに連れられ、植物の間を縫《ぬ》うように小径《こみち》を進むと突然《とつぜん》開けた空間が現れた。

「——っ！」

そこに広がっていたのは、温室の中とは思えない光景だった。

お菓子《かし》や飲み物が置かれたテーブルが並び、着飾《きかざ》った紳士淑女《しんししゆくじょ》たちが自由気ままに立食形式で談笑《だんしょう》している。

「これは……」

呆気《あっけ》に取られていると、ユスティーナは腰《こし》を屈《かが》めて、メラニーの耳元に囁いた。

「私のサロンよ。特別なお友達しか入ることができないの」

「え……？」

驚いて、ユスティーナの顔をまじまじと見ると、彼女は悪戯《いたずら》っ子のように目を細める。

その瞳《ひとみ》から妙《みょう》な迫力《はくりょく》を感じ取り、逃《に》げたくなる衝動《しょうどう》に駆《か》られるが、ユスティーナはメラニーの手を握ったまま放さない。

「——あの、ユスティーナ様。これは……」

真意を訊《たず》ねようとすると、会場から声をかけられた。

「ユスティーナ様！」

「お待ちしておりました。ユスティーナ様」

王女が入ってきたことに気づいた参加者たちが一斉《いっせい》にこちらを向き、礼をとる。

「ご機嫌《きげん》よう。皆様《みなさま》」

ユスティーナが彼らに柔《やわ》らかな声をかけると、会場はシンと静まり返った。

その統率《とうそつ》の取れた様子にメラニーは驚く。

「楽しんでいただけているかしら?」

「はい!」

彼らのユスティーナに向けられる視線は男女問わず、うっとりと熱を帯びていて、まるで神々《こうごう》しい女神《めがみ》を崇《あが》めているという表情だった。

そんな異様な光景に肌が粟立《あわだ》つ。後退《あとずさ》りをしそうになるが、先手を打つかのように、ユスティーナがメラニーの手を取ったまま、口を開いた。

「今日は皆様にご紹介《しょうかい》したい人を連れてきたの」

サロンメンバーの視線が王女の隣《となり》に立つメラニーに向けられた。

注目されることが苦手なメラニーにとって嫌《いや》な状況《じょうきょう》だ。どこに視線を向けて良いかわからず、おろおろと目を泳がせていると、メラニーの肩《かた》にユスティーナの手が置かれた。

「私の友達のメラニー・スチュワートさんよ」

(──友達⁉)

今日初めて会ったばかりなのに、いつの間にか友人に格上げされていた。

メラニーの名に会場は大きく沸《わ》いた。

「あの、スチュワート家の娘《むすめ》か？」

「噂《うわさ》ではブランシェットの愛弟子《まなでし》でもあると聞いているぞ」

「品評会でガルバドを倒《たお》したというのは本当の話か？」

「体を壊《こわ》したため、社交界には出てこないと聞いているが。……やはりブランシェットが匿《かくま》っていただけだったか」

ざわつく会場の空気にどんどんと血の気が引いていく。

（どうしよう。クイン様にあれだけ言われていたのに！）

貴族たちの接触《せっしょく》を恐れて、まだ養生中だと偽《いつわ》って、噂が下火になるのを待っていたというのに、非公式の場とはいえ、王女主宰《しゅさい》のサロンで貴族たちに囲まれることは非常にまずい展開だった。

「メラニーさんは古代語や古代魔術《まじゅつ》にもお詳《くわ》しくて、とても興味深いお話を聞けましたの。これを機会に、このサロンメンバーに入っていただいて、もっと仲良くなりたいと思うのですけど――メラニーさんはどうかしら？」

「ユスティーナ様!?」

思いもよらぬ勧誘《かんゆう》に、メラニーはギョッと目を剝《む》いた。

しかも、サロンメンバーから歓声《かんせい》と共に拍手《はくしゅ》が沸き、とても断れる空気ではない。

（まずいわ。どうしたらいいの――）

困惑していると、あっという間にメラニーの周りに人が集まった。

「これは、これは。スチュワート家のご令嬢がこちらのサロンに参加するとは。私は議会の議員を務めております、マーシャルと申します。以後、お見知りおきを」

「初めまして。私は魔石鉱物の店を営んでおります、メンストと申します。今までスチュワート家の方々とは商談の機会がなかったのですが、これを機に是非とも交流をしていただけたらと」

「メラニー様。私は画家のバイエルと申します。貴族だけでなく王室の方々の肖像画《しょうぞうが》も多く手掛《てが》けております。メラニー様もいかがですか？　美しく描《えが》かせていただきますよ」

取り囲んだサロンメンバーが次から次へと挨拶《あいさつ》をしてくる。

どうやらメンバーは貴族だけでなく、商人や職人、聖職者など様々な職種の人間が男女問わず集まっているらしかった。

「えっと、あの、その……」

目をぎらつかせた彼らに、メラニーはおろおろとするばかりだ。

値踏《ねぶ》みするような目を向け、私利私欲が垣間見《かいまみ》える言葉を口にし、媚《こび》を売ってくる貴族たちに恐怖《きょうふ》を感じた。

この感じは社交界デビューをしたばかりの頃《ころ》を思い出す。あの時は元婚約者《こんやく》であるジュリアンと様々なパーティーに出席したのだが、どこに行っても今のように取り囲まれたものだ。

魔術師の家系として名高いスチュワート家は、政界から一歩引いた立場をとっており、社交の場に姿を現すのは極稀《ごくまれ》だった。そのため、その娘が社交界に現れたこの機を逃《のが》すまいと、スチュワート家と交流を持とうと躍起《やっき》になった貴族たちに取り囲まれる事態となったのだ。

幸い、その時はジュリアンがうまくあしらってくれていたが、それも今考えると、自分が目立ちたいのに、メラニーばかりが注目されていることが面白《おもしろ》くなかったのだろう。パーティーが終わってから嫌味《いやみ》を言われ、散々な社交界デビューだったことを覚えている。

そんな社交界デビューのトラウマもあって、メラニーの人見知りは加速し、社交の場に参加しても隅《すみ》の方でじっとしていることが多くなり、次第《しだい》に参加しなくなったのだった。

今、メラニーを囲んでいる人たちの目には、あの時以上の執念《しゅうねん》を感じた。

（クイン様が再三おっしゃっていたのは、こういうことを危惧《きぐ》したからだわ。なのに、私、そこまで真剣《しんけん》に捉《とら》えていなかった。どうしよう……）

青い顔をしたメラニーが困り果てていると、後ろからユスティーナの声がかかった。

「皆さん、一度にしゃべってはメラニーさんもお困りよ」

彼女の一声で集団は静かになった。

「ごめんなさいね。皆さん、あなたのことが気になっているの。許してあげてちょうだい」

「いえ。だ、大丈夫《だいじょうぶ》です……」

「でも、気になっているのは私も同じよ」

ユスティーナの手がスッと伸《の》び、メラニーの顎《あご》を取ると、輪郭《りんかく》をなぞるように頬《ほお》を撫《な》でた。宝石のような青い瞳に覗《のぞ》き込まれ、メラニーは動揺《どうよう》する。

「ゆ、ユスティーナ様？」

「ねぇ、メラニーさん。あなたは自分の才能をどう思っているのかしら？」

「……どうとは？」

「私はね。あなたの素晴《すば》らしい才能は国民のために使われるべきだと思っているの。いいえ、恵《めぐ》まれた才能を国のために役立てるのは国民の義務よ。そうでしょう？　なのに、今はブランシェットがあなたを独《ひと》り占《じ》めしている」

急にクインの名が出てきたことにビックリする。

一体、何の話をしだすのだろうか？

「ひ、独り占めなんて。クイン様はそんなこと……」

メラニーが訂正《ていせい》しようとすると、横から男性の声が上がった。

「だったら、どうして審問会《しんもんかい》の召集《しょうしゅう》を断るような真似《まね》をなさったのです？」

「え？」

口を挟《はさ》んだのは、先程《さきほど》メラニーを取り囲んだ一人のマーシャル議員だった。

「魔術品評会の後、事件の詳細《しょうさい》を聞くため、審問会はあなたとブランシェットを召集しようとしました。あれだけの事件です。騒動を収めたとはいえ、関係者であるあなたに話を聞くのは当然のこと。そうでなくとも、一度容疑をかけられ、城に監禁《かんきん》されていたのですし」

「あ、あれは……」

敵意のある目で睨《にら》まれ、口籠《くちごも》っていると、ユスティーナがメラニーの肩に手を置いて、マーシャルから庇《かば》った。

「マーシャル。そんなにキツく責めないであげて。あれはローレンス家の娘の仕業《しわざ》だったのでしょう？」

「ですが、そのことを逆手に取って、ブランシェットは彼女の父親と画策し、審問会出席を断ったんですよ？　おかげで、あの魔法が古代魔術を模したものなのか、真相は一部の関係者しか知らないままです。あれでは、貴族たちから不満の声が上がるのも当然でしょう」

「……それは仕方のないことね。ごめんなさい、メラニーさん。突然《とつぜん》、こんなことを言われても、困るわよね。でも、彼らの気持ちもわかってあげて。だって、いくらあなたに面会を求めても、ブランシェットが断っているんですもの」

「――え？　クイン様が？」

「あら、もしかして、何も聞かされていないの？」

ユスティーナが驚《おどろ》いた顔でメラニーを見つめた。

そんな話があるなんて、クインから一言も聞いていなかった。審問会の件だって、ただ出席しなくてもよくなったと、言われただけだ。

（それも、お父様たちも協力して？　それに、面会を断っていたことも知らなかった……。これは本当の話？）

急なことに頭が混乱してきた。まさか、自分のせいでクインの立場がそこまで問題視されているとは思わなかった。

（クイン様のことですもの。養生中だった私を考慮《こうりょ》して、心配をかけまいと、あえて何も言わなかったのかもしれないわ……。きっと、そう。だけど――せめて、一言言って欲しかった。私だけが何も知らず、クイン様に守られていたなんて……）

何も知らず、屋敷《やしき》でのうのうと過ごし、今になって第三者から真相を聞かされる自分が恥《は》ずかしく思えた。大事にされているという喜びよりも、当事者の自分だけが知らなかったショックの方が大きい。

――これではまるで、信頼《しんらい》されていないみたいだ。

メラニーが黙《だま》り込んでいると、ユスティーナが「可哀想《かわいそう》に」と、メラニーの頰を優《やさ》しく撫でた。

「ショックよね。婚約者なのに、何も知らなかったなんて」

「それは……私を守るために……。だって、クイン様はいつだって私のことを考えてくださっています。私を匿《かくま》っているように見えるのは、ただ私の体調を心配して」

反射的にクインを庇う言葉を口にすると、ユスティーナが哀《あわ》れんだ目を向けた。

「健気《けなげ》ね。それほど、彼を愛しているのね。あなたが彼を守りたい気持ちもわかるわ。でも、ごめんなさい。私《わたくし》にはどうしても、ブランシェットがあなたの才能を世に出すのが惜《お》しくなっているように思えるわ」

「――どうして、そんなことを言うのですか？　クイン様はそんな人じゃありません！」

「……可哀想に。彼の本性《ほんしょう》を知らないのね」

メラニーが反論すると、ユスティーナは同情するように目を潤《うる》ませていた。その姿に思わず、動揺してしまう。

「本性？」

「ええ。あれはあなたが思っているより、ずっと狡猾《こうかつ》な男よ。確かにブランシェットが優《ゆう》秀《しゅう》で素晴らしい力を持っているのは事実。けれど、その功績は彼だけの力ではないわ。あの男は、王子であるケビンに近づくことで、その地位を築いたのよ。多くの武勲《ぶくん》を挙げることができたのも、ケビンの力あってのこと。だからこそ、あの若さで師団長を務めることができているの」

「そ、そんなことはありません！　クイン様は誠実な方です。そんな風に人を利用するような人じゃないです！」

メラニーが見てきた二人は、とてもそんな関係には見えなかった。お互《たが》いを信頼し、心を許し合う友人同士だ。

「あなたは純粋《じゅんすい》なのね。でも、人には裏の顔があるものよ。ケビンもそうだもの。あの子もブランシェットを利用して、自身の力を広げているだけ。表向きは仲の良い友人かもしれないけれど、どちらも自分の利益しか考えていないわ。でも、それが悪いわけではないの。貴族の世界ではそれが普通《ふつう》ですもの。――問題は、ブランシェットがその王室の力を利用して、好き勝手に動いていることよ」

「好き勝手って……。クイン様は国のために働いていらっしゃいます」

魔物《まもの》退治など危険な任務も数多く、一年の半分以上、遠征《えんせい》に出かけているのだ。誰《だれ》よりも国のために従事していると言えるはずだ。

「そうかしら？　その割にはブランシェットの働きに不満を持っている人間は多いわ。彼に仕事を断られたという声も多く聞くのよ？　いくら実力があるからとはいえ、一介《いっかい》の魔術師がそこまで大きな顔をしているのも、どうかと思うわ。……そもそも、あなたに近づいたのもスチュワート家の娘《むすめ》だからでしょうね」

「ち、違《ちが》います！　クイン様は私の魔術を見て」

「でも、あなたは匿われていることすら知らなかった」

「――それは」

メラニーが言い淀《よど》むと、ユスティーナが追い討《う》ちをかけるように言った。

「それって利用されているってことじゃないかしら？　ブランシェットはあなたに本心を打ち明けているって断言できる？　ねぇ、メラニーさん。厳しいように聞こえたかもしれないけれど、私はあなたを心配して言っているの。それだけは誤解なさらないで？」

ユスティーナの語るクインは、メラニーの知らない人間だった。

何が本当で、何が嘘《うそ》なのか。突然のことに頭の中がぐるぐると混乱する。クインのことは信じているが、親身になってくれるユスティーナの言葉がすべて嘘とも思えなかった。

クインの弟子《でし》で、婚約《こんやく》者で、一つ屋根の下に暮らしているというのに、彼のことを何も知らないように思え、泣きそうになる。

メラニーが俯《うつむ》いていると、ユスティーナが優しい声をかけた。

「ねぇ、メラニーさん。これは提案なのだけど、ブランシェットの弟子を辞《や》めて、私の下《もと》へ来ない？」

「――え？」

顔を上げれば、すぐ近くで青い瞳《ひとみ》がメラニーを覗《のぞ》き込んでいた。女神《めがみ》のような優しい笑《え》みを浮《う》かべ、彼女は薄《うす》い唇《くちびる》を開く。

「あなた、ずっと魔法が使えずに周りから落ちこぼれのレッテルを貼《は》られて生きてきたのよね。狭《せま》い世界で何もできず、公爵《こうしやく》家の嫡男《ちやくなん》に嫁《とつ》ぐだけの暗い未来を想像して、絶望していた。それがどんなに辛《つら》く悲しい人生だったことか。それを救ってくれたブランシェットに感謝しているのよね？　でもね、ブランシェットはあなたを独り占めしている。そう思いたくなくても、現状はそうなの。それって正しいことかしら？」

「……」

「私も生まれつき体が弱くて、制限のある暮らししかできなかった。だからね、あなたの気持ちがよくわかるの。私だけじゃないわ。ここにいる人たちもそう」

そう言って、ユスティーナは会場にいるサロンメンバーを見回した。

「特別な才能があるのに、正しい評価をされず、燻《くすぶ》った人生を生きるしかなかった。私はね、彼らには本来あるべき地位についてほしいと願っているの。そのために、私ができることはなんでも力を貸すわ」

取り囲んだサロンメンバーはユスティーナの言葉に一様に頷《うなず》いた。中には感動のあまり、目を潤ませている者もいる。

メラニーが黙っていると、ユスティーナの白い手が、メラニーの手をしっかりと包み込んだ。熱を帯びた言葉とは裏腹に、その手は恐《おそ》ろしく冷たく感じた。

「私の前では素直《すなお》になっていいのよ？　ブランシェットは優秀な魔術師だけど、個人であなたの才能を開花させるには、力不足だと思うの。それに、あなたも彼に迷惑《めいわく》ばかりかけてしまっていて、心苦しく感じているのではなくて？」

「そ、それは……」

「でも、私のサロンに入れば、あなたの才能をもっとうまく使ってあげる事ができるわ。いかがかしら？　もちろん、ブランシェットと別れろと言っているわけではないの。結婚したいのなら、そのままでもいいわ。その方があなたには安心かもしれないもの。でも、あなたの才能を活《い》かす場所はそこではないわ。ねぇ、メラニーさん。私と一緒《いっしょ》にこの国を変えましょう？」

甘い囁《ささや》きが、メラニーの心を揺《ゆ》さぶった。

「わ、私は……」

メラニーが言葉を詰《つ》まらせていると、突如《とつじょ》として、入り口の方が騒《さわ》がしくなった。

「――お待ちください！　王女様の命により部外者の立ち入りは禁止されております！」

「放せ。緊急《きんきゅう》の事案だ」

「しかし、殿下《でんか》！」

(殿下？)

騒ぎのする方に注目すると、小径《こみち》から一人の男性が兵士の制止を振《ふ》り切って現れた。

金髪碧眼《きんぱつへきがん》の気品漂《ただよ》う身なりをした青年は、先程《さきほど》話に出てきたケビン王子本人だった。

（――ケビン王子がどうしてここに⁉）

「姉上、失礼させていただく」

いつもは微笑《ほほえ》みを浮かべているケビンが非常に険しい顔をしていることにも驚《おどろ》いたが、もっと驚いたのはケビンの後ろから白いローブを着た魔術師が現れたことだった。

「――クイン様⁉」

「メラニー！」

クインはメラニーの姿を見つけると、長いローブの裾《すそ》を翻《ひるがえ》し、一目散に駆《か》け寄った。

クインの顔を見た途端《とたん》、頭の中にかかっていた霧《きり》が晴れ、パッと光が差し込んだような感覚になる。

「クイン様！」

「メラニー。大丈夫《だいじょうぶ》か？」

駆け込んできたクインがメラニーの手を取り、まるでユスティーナから守るように腕の中に閉じ込めた。

一瞬《いっしゅん》でも王女の誘惑《ゆうわく》に心が揺《ゆ》れたことが後ろめたく、メラニーは謝った。

「ごめんなさい、クイン様。わ、私……」

「もう大丈夫だ。安心しろ」

泣きそうな声で謝罪するメラニーをクインは勘違《かんちが》いしたようだ。メラニーを落ち着かせようと背中を優《やさ》しく撫《な》で、そっと抱《だ》きしめる。

「ユスティーナ王女。勝手にメラニーを連れ出して、あなたは何を企《たくら》んでいるんです？」

メラニーを抱きしめたまま、クインがユスティーナに冷ややかな声で言った。

「おい、ユスティーナ様に向かってなんという口の利《き》き方を！」

怒《いか》りに震《ふる》えるサロンメンバーの一人が割って入ろうとしたが、ユスティーナはそれを片手で制した。

「企んでいるなんて、面白《おもしろ》いことを言うのね。私《わたくし》はただ彼女とお友達になりたかっただけよ？」

クインの圧に臆《おく》することなく、ユスティーナは悠然《ゆうぜん》と答えた。

「サロンに招くとは、余程《よほど》メラニーを気に入ったようですね」

「ええ。少しお話をして、すぐに気に入ったわ。とっても可愛《かわい》らしいんですもの。あなたが独《ひと》り占《じ》めするのもよくわかるわ」

ユスティーナの含《ふく》みのある言い方にクインの眉《まゆ》が跳《は》ね上がった。

「……彼女は養生中の身。今日はもう帰らせてもらいます。メラニー、行こう」

これ以上話を続けるつもりはないと、クインは会話を断《た》ち切って、メラニーを連れて踵《きびす》を返そうとした。

しかし、その背中にユスティーナが声をかける。

「──クイン・ブランシェット。あなたは彼女をこのまま鳥籠《とりかご》の中に閉じ込めておくつもり？」

「……」

クインはそれには答えず、無言でメラニーの背中を押した。

状況《じょうきょう》についていけず、メラニーがユスティーナの方を振り返ると、彼女はにっこりと微笑んでメラニーに手を振った。

「メラニーさん。またお会いしましょうね」

第二章　戸惑い

クインと共に温室から控《ひか》えの間に戻ると、顔色を青くしたマリアが駆け寄った。

「お嬢様《じょうさま》！　ご無事ですか」

「マリア……。心配かけてごめんね。あの……クイン様も、本当に申し訳ありませんでした」

メラニーはマリアとクインに頭を下げて謝った。

「でも、どうしてここが？」

「王女に会いに行くと知らせをくれただろう？　それですぐにケビンに頼《たの》んで、捜《さが》しに来たんだ。だが、どうして王女のサロンなんかに」

「それは——」

メラニーが言葉を詰まらせていると、遅《おく》れてやってきたケビンが咳払《せきばら》いをして、忠告する。

「クイン。話は後だ。今はここから離れよう。お前も仕事の途中《とちゅう》なんだろう？」

「それはそうだが……」

（クイン様、わざわざ仕事を抜《ぬ》け出して、助けに来てくださったんだわ。なのに私……）

「わかった。とりあえず、研究所の方へ移動しよう」

クインは着ていたローブを脱《ぬ》ぐと、ドレス姿のメラニーの肩《かた》にかけた。

「メラニー。私の仕事が終わるまで待っていられるか？　話がある」

「わかりました……」


城に隣接《りんせつ》する宮廷魔術師《きゅうていまじゅつし》の研究施設《しせつ》にて、クインの仕事が終わるまで待つことになったメラニーは、ケビン王子と一緒《いっしょ》に、以前お世話になった古代魔術研究室に顔を出すことにした。ちなみにマリアは先に屋敷《やしき》に帰っている。おそらく、ユスティーナ王女に呼び出されたことを実家《スチュワート家》に報告するのだろう。

自業自得《じごうじとく》とはいえ、両親から叱《しか》られるであろうことを考えると、今から胃が痛くなってくるようだ。

しかし、もっと怖《こわ》いのはクインの方だ。

先程の怒《おこ》っていた顔を思い出し、メラニーはしょんぼりと項垂《うなだ》れた。

「顔色が悪いようだが大丈夫か？」

青い顔で俯《うつむ》くメラニーを見かねて、テーブルを挟《はさ》んで座るケビンが声をかけた。

「――クイン様、相当怒っていらっしゃいましたよね？」

「怒ってはいたが、あれは君に怒っているというより、自分が守れなかったことが悔《くや》しくて、自分自身を責めているのさ」

「……そうだとしたら、余計に私のせいです。クイン様は大人しくしているようにとおっしゃっていたのに、王女様に会いに行ったのですから」

「それについては確かに軽率《けいそつ》だったが、君の判断もクインを思ってのことだったんだろう？　あいつだってわかっているはずだ」

ケビンに慰《なぐさ》められていると、隣《となり》のテーブルで薬草を煎《せん》じていた、髪《かみ》を後ろに結んだ青年が呆《あき》れた声で会話に参加した。

「王女様から呼び出しね。相変わらず、次から次へと話題に事欠かない女だな」

棘《とげ》のある言い方をするのはディーノだ。

メラニーより少し年上の彼は、宮廷魔術師の中ではかなり若い部類に入る。宮廷魔術師のエースであるクインの大ファンで、弟子《でし》のメラニーをやっかんでいるが、なんだかんだ面倒《めんどう》を見てくれる優しい性格の持ち主だった。

「大方、魔術品評会でのことで目をつけられたんだろう？　嬢ちゃんの魔法はすごかったからのぅ」

「ああ。あれは世紀の魔術だった」

今度は窓の近くで、大釜《おおがま》を使って調合をしている二人の老魔術師が口を挟んだ。白く長い髭《ひげ》を蓄《たくわ》えた小柄《こがら》なオーリーと、スキンヘッドに黒々とした眉と髭の厳《いか》つい大男のバーリーは、見た目こそ対照的だが、二人とも古代魔術に並々ならぬ関心を持った古代魔術研究室の古株だ。ディーノを含めた三人は、メラニーが魔術品評会に出場する際、手伝いをしてくれた恩人である。

「そうみたいです。古代語が読めるなら、古い指輪を見て欲しいと言われて……。私、その指輪が古代魔術の魔術具だなんて思わなくて、うっかりそれを発動させかけてしまったんです」

「なんだと？　どういうことだ⁉」

メラニーの告白にケビンが血相を変えた。

「じ、実は……」

指輪の件を詳《くわ》しく話すと、彼らは揃《そろ》って渋《しぶ》い顔でメラニーを見つめた。

「怖っ。命知らずなの⁉」

「うっかりとは言え、反応させることができるのはお前さんくらいじゃな」

「王女が気がつかなくてよかったな」

一方、頭を抱《かか》えて唸《うな》るのはケビンだ。

「……君はもっとクインから怒られるべきだ」

先程《さきほど》の慰めから一転、何をしているんだと睨《にら》まれてしまった。

「……はい。弁解の余地もございません」

王子に叱られ、メラニーは体を縮こまらせて反省する。

「しかし、姉上のことだ。気がつかない振《ふ》りをしていた可能性が高いな」

「え？　そんな風にはとても思えませんでしたけど……」

「……君にはそう見えたか」

ケビンは複雑な表情を浮《う》かべ、ため息を吐《つ》いた。

「姉上のサロンに勧誘《かんゆう》されただろう？」

「どうして、それを……」

後ろめたさのようなものを感じ、サロンに誘《さそ》われたことについては、話していなかった。なのに、あっさりとケビンに看破され、驚《おどろ》いた。

「あの場にいたということは、そういうことだろう。簡単に予想がつくさ。……そもそも、休暇《きゅうか》中のクインが呼び出された件も、姉上が手を回した可能性が高い。君からクインを離《はな》しておいて、招待状を出したんだ」

「……では、初めから、仕組まれていたと？」

「そうだ」

俄《にわ》かには信じられないが、よく考えれば、サロンメンバーが集まっている中に通されたのだ。初めからサロンに勧誘することが目的だったことは、間違《まち》《が》いないだろう。

「なぜ、ユスティーナ様はそんなことをしてまで、私を？」

「……さあな。姉上の考えていることはわからない。古代魔術を使うことができる君に興味を持っただけかもしれないし、スチュワート家の娘《むすめ》を自分の陣営《じんえい》に取り込みたかったのかもしれない。相手の目的が何にせよ、姉上には関《かか》わらないようにした方がいい」

ケビンの青い目が鋭《するど》く細まり、警告する。

（――あの優《やさ》しい笑顔《えがお》には裏があったの？　じゃあ、親身に見えたのも全部演技？）

ユスティーナの優しい姿を思い出し、メラニーは困惑《こんわく》した。

「信じられないか？　それが彼女の怖いところだよ。彼女が何を言ったのかわからないが、全《すべ》て忘れろ。無害な人間にとって、彼女の言葉は毒に近い」

その言葉に、ユスティーナを女神《めがみ》のように崇《あが》め、異様に高揚《こうよう》したサロンメンバーの顔を思い出す。では、あの場にいた人たちはユスティーナの毒牙《どくが》にかかってしまった人たちなのだろうか。背筋に悪寒《おかん》が走り、ゾッとしたメラニーは体を抱《だ》きしめた。

気づけば、部屋の中が重々しい空気に包まれ、シンと静まり返っていた。

そんな重苦しい空気に耐《た》えられなくなったのか、ディーノが叫《さけ》ぶ。

「あー、もう！　オーリーさん、窓開けていいですか？　さっきから焦《こ》げ臭《くさ》いんですよ」

ディーノがバタバタと走り、ガラリと窓を開けた。冷たい風が室内の空気を搔《か》き回し、メラニーの暗い気持ちごと換気《かんき》された気分になった。

メラニーは心の中でディーノに感謝をすると、気を取り直して、室内を見回した。

「……あの、オーリーさんたちは今、何をされているんですか？」

焦げ臭いにおいを漂《ただよ》わせながら、釜で何かをぐつぐつと煮込《にこ》んでいるオーリーたちに質問する。

「品評会であんたが作った魔法陣があるじゃろ。あれを改良するための材料作りじゃ」

「なんせこっちの貴重な材料を取られたからな」

「そ、その節はすみません……」

バーリーにギョロリとした目で睨まれ、メラニーは謝った。

緊急事《きんきゆう》態だったとはいえ、彼らの大事にしているものを無理矢理《むりやり》拝借したのだった。

「それに関してはきちんと補塡《ほてん》はしただろう。予算も増額したし、この部屋だってそうだ」

ケビンの言う通り、古代魔術《まじゆつ》研究室は以前の狭《せま》い部屋から、かなり広い部屋へと移っていた。

「それで部屋が変わっていたのですね」

新しい古代魔術研究室は、大きなテーブルが並び、所狭しと置かれていた魔術具や調合品も余裕《よゆう》のある大きな棚《たな》へと移っていた。乱雑に置かれていることに変わりはないが、部屋全体が広くなったおかげで、随分《ずいぶん》とゆとりのある空間になっていた。

「これもみーんな、嬢ちゃんのおかげじゃて」

「そうだな。あんたが古代魔術の解読をしてくれたおかげで俺たちの研究も進んだし、うちの研究室の評価も上がった」

「いえ、私は大したことは……」

オーリーたちは称賛《しょうさん》してくれるが、魔術品評会では、メラニーの発表自体は有耶無耶《うやむや》になってしまっていた。元々、経験と自信をつけるのが目的だったので、目的が果たされたと言えばそうなのだが、あまりにも色々なことが起こりすぎて、いまだに周りからの評価に自身の心境が追いつけていない状態だった。

でも、協力してくれた彼らの待遇《たいぐう》が良くなったのは純粋《じゅんすい》に嬉《うれ》しいことだ。

「魔術品評会と言えば、問題を起こした例の令嬢《れいじょう》はどうなったんだ？　婚約者の公爵《こうしゃく》家の嫡男《ちゃくなん》と一緒《いっしょ》に処罰《しょばつ》されたという話だったが」

「ああ、ローレンス家の令嬢とオルセン家の嫡男だな。今は田舎《いなか》に追放されているよ」

バーリーの質問にケビンが答える。

「なんじゃ、随分甘い処分だな」

鼻を鳴らすオーリーに、ケビンは意味深長にメラニーに目を向けた。

彼らの減刑《げんけい》を求めたのは他《ほか》でもないメラニーだった。クインやケビンはもっと厳しい処罰を望んだようだが、どうしても、そこまで彼らを恨《うら》むことはできなかったのだ。

「長年王家に仕えたオルセン公爵への温情もあったからな。爵位を世襲《せしゅう》させないことを条件に減刑になったんだ。彼らが辺境での田舎暮らしに耐えられるかわからないが、しばらくは大人しくしているだろう。私の手の者が監視《かんし》しているから、何かよからぬことを企《たく》んだら、すぐに連絡《れんらく》が来るようになっている。だから、安心していい」

「ありがとうございます」

何から何まで手を回してくれたようだ。メラニーは改めてケビンに感謝をした。

「ところで結局、その壁《かべ》の魔法陣《まほうじん》は使えるのか？」

研究室の壁には大きな羊皮紙が二枚飾《かざ》られており、どちらも似たような魔法陣が描《えが》かれていた。一つはエミリアがガルバドを暴走させてしまった、魔物を束縛《そくばく》する魔法陣で、もう一つはメラニーがそれを収めるために、高価な材料を惜《お》しみなく使い、即席《そくせき》で作った魔法陣だった。この二つの魔法陣は品評会の事件を検証するため、こうして古代魔術研究室が管理と解析《かいせき》をしている。

ちなみにもう一枚、あの場で披露《ひろう》した広範囲《こうはんい》の回復魔法の魔法陣があるが、それは元々メラニーが発表用に用意したものだったのでメラニーが保管していた。もっとも、大量の魔力を消費するため、クインから使用を禁止されていたが。

「エミリア・ローレンスが作ったものは失敗作としても、メラニー嬢の作った魔法陣は今後も使えるんだろう？」

ケビンがオーリーたちに訊《たず》ねるが、彼らは渋《しぶ》い顔をして首を横に振った。

「即席で作ったことが原因か、魔法陣の一部が欠損してな。修復せんことには使えん」

「どの道、こいつを使おうと思ったら、化け物じみた魔力が必要になるしな。並の魔術師が使える品ではないぞ」

オーリーとバーリーが揃《そろ》って奇怪《きかい》なものを見るような目でこちらを見るが、発動できたのはメラニーだけの力ではない。魔力供給のペンダントを使い、クインの魔力を借りたからできたのだ。化け物じみた魔力はクインの魔力である。

「そうか。魔物退治にこれが使えれば助かるんだがな……」

ケビンが残念そうに溢《こぼ》した。

ひとえに古代魔術の復元と言ってもまだまだ課題は多く、いくらメラニーが古代語を解読できても、現代魔術と古代魔術ではその技術に大きな差があり、誰《だれ》でも扱《あつか》えるものではなかった。

「そう考えると、ローレンス家の娘はたいしたもんだ」

「そうですよね。失敗したとはいえ、古代魔術を基礎《きそ》とした魔法陣なんて素人《しろうと》には発動できませんよ。それこそ、ローレンス家の秘術があったからできた事なんでしょうね」

「ああ、俺たちもこの魔法陣を解読しているが、なかなか複雑な魔法式が組み合わさっているな。さすが新生魔法だ。爵位を得るだけの技術だな」

バーリーとディーノがエミリアの作った魔法陣を評価すると、オーリーが悔《くや》しそうに叫んだ。

「ええい！　わしらは宮廷《きゆうてい》魔術師じゃぞ！　他の貴族に負けてどうする！」

「オーリーの言う通りだぞ。君らの研究室には予算を割《さ》いているんだ。それ相応の成果を見せてもらわないとな」

「……殿下《でんか》。プレッシャーをかけないでくださいよ」

彼らの談笑《だんしよう》を聞きながら、メラニーはエミリアのことを思い出していた。

（でも、エミリアは本当に優秀《ゆうしゆう》だったわ。魔術の研鑽《けんさん》も怠《おこた》らなかったし、社交界にも積極的に参加して、周りとの繫《つな》がりを得ていた）

陰《かげ》の努力をひけらかすこともせず、いつだって自分を高めるためにあらゆることに全力で向かっていた姿はメラニーもよく覚えている。

それに比べて、自分はどうだろうか。周囲に守られるばかりで、迷惑をかけて困らせている。そんな自分が不甲斐《ふがい》なく、情けなかった。このままではいけないと思うが、でもどうすればいいかもわからない。

落ち込んでいると、ふとユスティーナの言葉が思い出された。

『あなたの素晴《すば》らしい才能は国民のために使われるべきだと思っているの』

(私の才能か……。才能をもっと生かすことができれば、クイン様のために役に立てるのかしら?)

しかし、このまま屋敷《やしき》で大人しく研究だけを続けても、今までと何も変わらない気がした。だからといって、ユスティーナの誘《さそ》いには乗りたくない。ケビンの言う通り、あのサロンは危険に感じた。

(——では、どうすれば?)

「——嬢ちゃんもそう思うだろう?」

突然《とつぜん》、オーリーに話しかけられ、メラニーはビックリして顔を上げた。

「……あ、すみません。なんの話でしょうか?」

「なんじゃ、聞いていなかったのか? わしらの研究を進めるには、嬢ちゃんがこの研究室に入ればいいという話じゃ。この魔法陣の検証も、あんたがいれば話が早いんじゃ」

オーリーの言葉に、メラニーは考えた。

(……宮廷魔術師か。確かにここなら、クイン様と同じ職場だし、皆《みんな》もいて、古代魔術の研究もできる……。とても良いことに思える。でも……)

「そもそも、メラニーの実力では宮廷魔術師になれないんじゃない?」

「うっ……」

ディーノの鋭《するど》い指摘《してき》が、ぐさりと胸に突《つ》き刺《さ》さった。

「いくら古代魔術が使えるからって言っても、魔法の基礎も怪《あや》しい実力でやっていけるとは思えないけれど？」

「ディーノ。少しは言い方に気をつけろ」

「僕は事実を言っているだけです」

フンと鼻を鳴らして、ディーノはチラリとメラニーを睨《にら》んだ。その目は、『お前が宮廷魔術師になるなんて、百年早い』と言っているようだった。

（情けないけど、ディーノさんの言う通りだわ。今の私の実力では宮廷魔術師なんて、無理。それは一番私がわかっている……）

知識も技術も、宮廷魔術師に求められているレベルまで達していないのは、クインの下《もと》で学んでいて、嫌《いや》というほど理解していた。クインは基本的には優《やさ》しいが、魔術のことになると指導は厳しく、魔法学校に通っていないメラニーは、基礎がなっていないとよく指摘されていた。こんな未熟な自分が、いくらオーリーたちが勧《すす》めてくれても、宮廷魔術師になれないことはわかっている。

「それに、クイン様からも散々断られていますよね？　いい加減諦《あきら》めたらどうですか？」

「こんな才能を諦められるわけないじゃろう！　殿下。あの頑固《がんこ》者を説得してください」

ディーノの台詞《せりふ》に憤慨《ふんがい》したオーリーが、ケビンに助けを求めた。

「私まで巻き込むな。……正直な話、国益だけを考えれば、その方が好ましいのは事実だ。

君の才能は、今後の国の未来を大きく変えるほどの可能性を秘《ひ》めているからな。その力を国のために使ってくれるのであれば、これほど嬉《うれ》しいことはない。……だが、今の君を取り巻く環境《かんきょう》を考えると、宮廷魔術師は危険かもしれないな」

「危険……ですか?」

「ああ。宮廷魔術師は国の機関だからな。所属は国王陛下の管轄《かんかつ》内とはいえ、議会や貴族たちの要望があれば、それに従わなくてはいけない場合がある。今回、姉上が裏で手を回したように、クインでさえも上からの命令は余程《よほど》の理由がない限り、簡単に断ることはできないからな」

「そのせいで、クイン様は各所からの要望で、年中、魔物退治に向かわれていますものね。仕事とはいえ、大変ですよ」

横からディーノが同意して頷《うなず》いた。

「もし仮に、君が宮廷魔術師になったとしたら、君の力を狙《ねら》う貴族どもの格好の餌食《えじき》になるだろうな」

このケビンの言葉に、オーリーとバーリーも苦い表情を浮《う》かべた。

「それは……そうじゃな」

「魔術《まじゅつ》品評会であれだけ目立ったわけだから、貴族たちが放《ほう》っておくわけないか」

あれほど執拗《しつよう》にメラニーを勧誘《かんゆう》していた彼らが、揃って唸《うな》るのを見て、それほど今の状《じょう》況《きょう》があまり良くないことを実感した。

（私が思っている以上に、クイン様に迷惑をかけていたのかも……。どうしよう。私、このままじゃ、本当にダメだわ……）


結局、クインの仕事が終わらず、先に帰ることになったメラニーは、夜になって屋敷に帰ってきたクインを玄関先《げんかんさき》で出迎《でむか》えた。

「——クイン様」

「メラニー。待っていてくれたのか。疲《つか》れただろう？　先に休んでいても良かったのに」

出迎えたメラニーの頬《ほお》に触《ふ》れ、クインが心配そうに言った。

（……私なんかより、クイン様の方がずっと疲れていらっしゃるのに……。どうして、こんなに優しいの……）

帰ることができないほど、連日の勤務で疲れているはずなのに、自分のことより、メラニーのことを心配するクインに、泣きそうになった。

「お仕事が忙《いそが》しいのに、私のせいで、本当にすみません」

「そんなことは気にしなくていい。仕事よりも君の方が大事だからな」

　クインは慰《なぐさ》めるように優しく頭を抱《だ》き寄せ、フッと柔《やわ》らかな微笑《ほほえ》みを見せた。その甘い台詞《せりふ》に、不謹慎《ふきんしん》ながら胸がキュンと高鳴ってしまう。

「それで？　ユスティーナ王女と何があった？」

　場所をリビングに移し、ソファに並んで腰掛けると、今日の出来事を改めて説明した。

　話を終えると、クインが眉間《みけん》に深い皺《しわ》を寄せて、唸るようにため息を吐《つ》いた。その反応はケビンたちと同じで、非常に気まずい気分になる。

「指輪の件については、迂闊《うかつ》だったな」

「す、すみません！」

「いや……。責めているわけではない。古代語を読み上げたのは迂闊だったかもしれないが、まさか魔術具を出されるとは思わないだろう。それより、体調は大丈夫《だいじょうぶ》か？　魔力を吸い取られたんだろう？」

　怒《おこ》るどころか、体調を気遣《きづか》ってくれるクインの優しさに胸がジンとした。

「マリアがすぐに回復薬をくれたので、もう大丈夫です」

「そうか。彼女は優秀だな。彼女を寄越《よこ》してくれたスチュワート夫人には感謝しなければ」

　クインの口から母の名前が出て、両親のことを思い出す。

「今頃《いまごろ》、お母様たちにも今日の事が伝わっていると思います。……どうしましょう。また怒られるわ」

「……あのスチュワート夫人の激昂《げきこう》を思い出すと、気が滅入《めい》るな」

エミリアが起こした一件で、両親がクインの屋敷を訪《おとず》れたことがあった。あの時も、心配をかけたことを相当怒られたものだ。特に、母の長いお小言には精神を削《けず》られた。自分のせいで巻き添《ぞ》えを喰《く》らってしまったクインには本当に申し訳なく思っていた。

「さすがに今回は私の独断のせいなので、クイン様は関係ないですよ」

「そうはいかないだろう。もうすぐ君の夫になるんだ。君のことで叱られるのは当然だ」

『君の夫』という言葉にドキリとして、胸がムズムズとこそばゆい気持ちになった。

「それに、王女の招待を受けたのも、私のことを思ってのことなんだろう？　やはり責任は私にもある」

「そんなことは！」

「いや、王女のことは私ももっと警戒《けいかい》して、君に伝えておくべきだった」

クインは深くため息を吐くと、真剣《しんけん》な表情で居住まいを正した。それを見て、メラニーも背筋を伸《の》ばして身構える。

「前にも話したと思うが、君は今、国中の貴族たちから注目される存在になっている。君が魔術品評会で披露《ひろう》した魔法は、あまりにも目立ちすぎた。あの時は仕方ないことだったとは言え、君が思っている以上に大変な騒《さわ》ぎとなっているんだ」

「それは……審問会《しんもん》のことですか？」

「王女から聞いたのか？」

「……はい」

「そうか……。黙《だま》っていてすまなかった。大事にして、君に精神的な負担をかけたくなかったんだ。ただでさえ、あの時、君は病《や》み上がりだったわけだし……」

「けれど……折を見て、話して欲しかったです。それに……私宛《あて》に貴族の方々から面会の希望が来ているというのは……本当ですか？」

「……ああ。本当だ」

一瞬《いっしゅん》、言葉を詰《つ》まらせかけるも、白状するクインに、メラニーは軽くショックを受けた。

（ユスティーナ様のおっしゃっていたことは本当だったんだわ……）

「メラニー。誤解をしないでくれ。決して、君を信用していないわけじゃなかった。君を守るために……」

「わかっています。ただ、迷惑《めいわく》をかけている自分が情けなくて……」

「迷惑だなんて思っていない。だから、そんな暗い顔をするな。……今は少し騒がしいが、いずれ落ち着くだろう。このまま屋敷《やしき》で大人しくしていれば、何も問題はないさ」

クインはメラニーを安心させるように微笑むと、優《やさ》しく抱きしめた。

その温《ぬく》もりに心が和《やわ》らぐが、胸の奥底にはまだ不安が燻《くすぶ》っていた。

（こう言ってくれているけど、クイン様にばかり負担をかけるわけにはいかないわ。もっと、自立して、迷惑をかけないように変わりたい。でも、一体、どうすれば——？）


「なるほど、それで私を頼《たよ》ってきたんだね」

メラニーの話に耳を傾《かたむ》けていたダリウスは、これまでの経緯《いきさつ》を聞いて、整えた口髭《くちひげ》を触《さわ》りながら、ふむふむと頷いた。

魔法学校の応接間にて、メラニーは叔父《おじ》であるダリウスと向かい合っていた。

「クイン様はほとぼりが冷めるまで、屋敷で大人しくしているのがいいと。でも、私は本当にこのままでいいのか悩《なや》んでいて……」

「どうしてだい？」

「私、これ以上、クイン様のお荷物になるのは嫌《いや》なんです。お世話になってばかりで、何も返せていないし。それどころか、負担になっているようですし……。ケビン王子やオーリーさんたちの話を聞いて、私にも何かできることはないかと思ったのですが」

「なるほど。クイン君のためにか。君らしい理由だな」

ダリウスは目を細めて苦笑《くしょう》する。

「クイン様のため……というより、私のためかもしれません。私、もっとクイン様と対等になりたいんです。ただ守られるばかりじゃなくて、一人でも大丈夫だと安心して欲しくて……。だから、とにかく、今の状況を変えたいんです。でも、一人で考えても、どうすればいいか、思いつかなくて……。叔父様は生徒の進路相談を受けていらっしゃいますよね？」

「ああ。時には相談に乗ることもあるよ」

「ちなみに、魔法学校の卒業生はどのような道に進まれるのですか？」

魔法学校は貴族だけでなく、平民も在籍《ざいせき》している。貴族であれば、基本的に家業を継《つ》ぐ者が多いが、その他の生徒はどのような道に進んでいるのか興味があった。

「そうだね。貴族の子たちは、何かしらの国の機関に就職する子が多いかな。一番希望者が多いのは花形の宮廷《きゅうてい》魔術師だが、そう簡単にはなれないからね。毎年、試験に落ちては泣く泣く別の道に進む子たちを多く見ているよ」

話には聞いているが、やはり宮廷魔術師の試験は難しいようだ。

「別の道と言うと？」

「役人になる子もいれば、魔法医師や薬師《くすし》といった研究を極《きわ》める職種に就《つ》く生徒もいるよ。平民であれば、貴族のお抱《かか》え魔術師や、腕《うで》に自信があれば、傭兵《ようへい》などのギルド関係の職種に就く生徒もいるね。後は、王都だけでも、いくつか魔術協会があるから、そういったところに属する子も多いよ」

「魔術協会ですか？」

下町にはそういった組織団体があるとは耳にしたことがあるが、具体的にどういった組織かまでは知らなかった。確か、スチュワート家も幾《いく》つかの協会に支援《しえん》金を出しているはずだ。

「平民は貴族たちのようには魔法が使えない人間の割合の方が多いから、魔法が使える人間は何かと重宝されているんだ。選《え》り好みしなければ、働き口には困らないね」

色々な進路があると知って、目の前に道が開けた気分になる。

しかし、顔を輝《かがや》かせるメラニーに対し、ダリウスは困ったように眉《まゆ》を下げた。

「だが、どこかの機関に属するとなると、君の場合は……難しいだろうね」

「え？」

「君が携《たずさ》わっていきたいのは、古代魔術に関することだろう？　どの機関でも古代魔術を研究しているところはないんじゃないかな。あったとしても、限られたものになるだろう。宮廷魔術師のように国の機関であるか、それ相応の設備が整っていないと、満足に研究はできないんじゃないかな。錬成《れんせい》術を極めるにしても、素材は貴重なものだし、論文などを研究するにしても古い魔術書を所有している機関がどれほどあるか……。仕事としてやっていけるかと考えると……正直、難しいだろうな」

「才能自体は素晴《すば》らしいんだが、その才能を活かすとなると、それ相応のところじゃないとな。正直な話、君の才能を知った時、魔法学校でさえも持て余すことが見えていたから、クイン君のところへ行くのを賛成したのさ」

「え？」

「クイン君は魔術に造詣《ぞうけい》が深いし、宮廷魔術師だからね。少なくとも魔法学校にいるよりも君の才能を活かすことができると思ったのさ」

「そうだったのですね」

「……しかし、クイン君でさえも、想像しなかった事態になってしまったようだね」

「うぅ。今後、私はどうすれば……」

落ち込むメラニーをダリウスは考えるようにじっと見つめた。

「メラニー。将来について考えるのは大事なことだが、もっと大切なことがあるんじゃないかな？」

「大切なこと？」

「ああ。君がこうして不安になっているのは、クイン君に嫌《きら》われたくないという気持ちからきているんだろう？　だったら、まずはクイン君にその気持ちを素直《すなお》に伝えてみたらどうかな」

「そんな……」

「え、でも……一度話しているのに、これ以上何を……」

「そこだよ。君は今、全然納得《なっとく》していないじゃないか。いいかい、君たちはこれから夫婦《ふうふ》になるのだよ。互いを気遣って、本音も言えないようじゃ、その内、破綻《はたん》してしまうだろう。今、君に必要なのは、素直に自分の気持ちを伝えることなんじゃないかな？　その上で、将来についても、納得行くまで二人で話し合うべきだ。もし、言いづらかったら、私が間に入って話をしようじゃないか」

本音を言えていないという指摘はもっともだった。嫌われたくないという気持ちが大きくて、大事なことを忘れていたのかもしれない。

「……そうですね。私も、もっと素直に自分の気持ちを言いたいと思います」

「よし！　じゃあ、今からクイン君のところへ行こうか。ちょうど仕事の用事もあるんだ」

「え？　今から……ですか？」

「善は急げと言うだろう。それにさっき、君はクイン君のことを何も知らないことを不安がっていたじゃないか。なら、実際にどんな仕事をしているか、見てみればいい。案外そこにヒントがあるかもしれないよ？」

「で、でも……お仕事のお邪魔《じゃま》をするわけには……」

「ほら、そこで遠慮《えんりょ》する」

「うっ……でも、叔父様……」

「君が顔を見せれば、案外、クイン君も喜ぶかもしれないよ？」

「そ、そうでしょうか？」

結局、ダリウスの圧に押され、メラニーは出かけることになった。

第三章　学者協会

　ダリウスと共に宮廷魔術師の研究所を訪れると、職員たちがダリウスを囲んだ。

「ダリウス教授！　お久しぶりです！　もっと、こっちにも顔を出してくださいよ」

「ははは。そうだね。君たちの仕事ぶりを見るのも偶《たま》にはいいかもね。そういえば、最近、城壁付近に出た魔物の調査をしていると聞いたが、あれはどうなったんだい？　クイン君が指揮をしていると聞いたが？」

「一通りの探索はしたのですが、結局、魔物がいたという形跡《けいせき》はなくて、調査は打ち切りになりました。引き続き、交代で周囲の警戒《けいかい》はしていますが、何かの見間違いだったのだろうという見解です。わざわざ、クイン様が指揮する必要はなかったですよ」

「でも、クイン様がいることで心強くはありました。調査が早く終わったのも、クイン様が統制の取れた指揮をしてくれたおかげですし」

　和気藹々《わきあいあい》と職員たちと談笑《だんしょう》するダリウスを見て、その人気の高さに驚《おどろ》くが、よく考えれば、宮廷魔術師のほとんどは魔法学校の卒業生で、ダリウスの教え子だった。

「ところで……教授。そちらにいるのって、例の魔術品評会で活躍《かつやく》した……」

「すまない。そろそろ時間みたいだ。さ、メラニー。行こう」

ニコニコと笑《え》みを貼《は》り付けたダリウスが元教え子たちの視線から守るように、メラニーの背中を押して、その場を立ち去った。

「どうやら、ここでも君は注目されているようだな」

「そうみたいですね……」

先日、ここを訪れた時も彼らの視線は気になっていたが、その時はクインやケビンが一緒《いっしょ》だったので、声をかけてくる猛者《もさ》はいなかったのだ。

「でも、クイン様が皆《みな》さんから慕《した》われていることを知れて、少し嬉《うれ》しかったです」

「そうか。それは良かった。すまないが、先に仕事の用事を済ませてくるよ」

「わかりました」

クインの部屋の前でダリウスと別れた。

(今日は書類仕事をしていると聞いているけれど、突然《とつぜん》訪問して迷惑《めいわく》じゃないかしら？)

今更《いまさら》そんなことを考えるがもう遅《おそ》い。メラニーは覚悟《かくご》を決めると、ドアをノックしようとする。しかし、その時、部屋の中から女性の声が聞こえてきた。

『……さぁ、さっさと脱《ぬ》いでくれ。それとも私が脱がそうか？』

『わかったから、急《せ》かすな』

(――っ!?)

中から聞こえてくるとんでもない会話に、ドアに耳を当てる。

『相変わらず、鍛《きた》えた体だね。いい筋肉だ』

『ふざけたことを言ってないで、さっさと始めろ』

ただならぬ会話に、サーと全身から血の気が引いていく。

（――まさか浮気《うわき》!?）

「そんなっ！　――クイン様！」

反射的に勢いよくドアを開くと、シャツを脱いで上半身を露《あら》わにしたクインが部屋の真ん中で立っていた。

「きゃー！！！」

クインの裸《はだか》に動揺《どうよう》したメラニーは悲鳴を上げ、思わずドアを閉めた。

「メラニー!?　なんでここに!?　――ま、待ちなさい！」

中からドタバタという音が聞こえ、慌《あわ》てた様子でクインがドアを開けた。しかし、シャツを羽織っただけで依然《いぜん》として素肌《すはだ》が覗《のぞ》いたままのクインに、メラニーは目を背《そむ》ける。

「――っ!?　く、クイン様！　ちゃんと服を着てください！」

「あ、ああ。すまない。――とりあえず、中に入れ」

クインはシャツの前をかき合わせると、周りに人がいないことを確認《かくにん》し、メラニーの腕《うで》を掴《つか》んで、素早く部屋に引き入れた。

「メラニー、なぜここに？」

クインがシャツを着ている間、メラニーは両手で目を覆《おお》い、後ろを向きながら話す。

「叔父様《おじ》がこちらに用があったので、一緒に来たんです。この間のことで、少しお話をしたいと思って。なのに、女性と二人きりで、は、裸になっているなんて！」

「ちょっと待て、何か誤解しているだろう！」

めずらしく狼狽《ろうばい》したクインが焦った様子をみせると、横から笑い声が響《ひび》いた。

「あはは。これはとんだ誤解をさせてしまったようだね」

メラニーは驚き、声の主の方を振《ふ》り向いた。

長い足を組んでソファに座っている女性は、髪《かみ》を上の方で団子状に結《ゆ》いあげ、短い丈《たけ》の黒いローブに細身の黒いロングスカート、目には片眼鏡《モノクル》という一風変わった格好をしていた。

「えっと……？」

メラニーが困惑《こんわく》していると、女性は片眼鏡《モノクル》を外し、立ち上がって挨拶《あいさつ》をした。

「初めまして。私はカレン・ライトナー。残念ながら、クイン君の浮気相手ではないよ」

「カレン。ふざけた言い方をするな」

ローブを羽織り直したクインがイライラと言った。

クインよりもやや年上だろうか？　知的な顔立ちをしており、女性にしては背が高く、スラリとした長い手足に、出るところは出ているという美しい体つきに目を惹《ひ》かれた。

しかしそれよりも、「クイン君」「カレン」と親しげに呼び合う二人に、ただならぬ親密さを感じ、驚いた。メラニーが知る中で、クインが女性相手にこんな風に砕《くだ》けた様子で話している姿は見たことがない。

(ケビン王子！　クイン様に親しい人はいないと言っていたじゃないですか！　あれは嘘《うそ》ですか!?)

心の中で、ここにはいないケビンに文句を叫んだ。

「何やら騒《さわ》がしいが、失礼するよ」

部屋の外からノックが聞こえ、ダリウスが顔を出した。

ダリウスは混沌《こんとん》とした部屋の様子に眉《まゆ》を顰《ひそ》めるが、カレンの姿を見て、声を上げる。

「おや、カレン君じゃないか？」

「わぁ！　ダリウス先生！　お久しぶりです！」

「君も来ていたんだね。元気だったかね」

「はい！　先生こそお元気そうで」

楽しそうに話を弾《はず》ませる様子にメラニーは呆気《あっけ》に取られた。先生と呼ぶからには他《ほか》の職員同様、彼女もダリウスの元教え子ということだろうか？

「どうして、カレン君がここに？　それに……この机の上に並んだものはなんだい？」

ダリウスの指摘《してき》に、机に目を向けると、聴診器《ちょうしん》や注射器、もろもろの医療器具《いりょう》が並べてあった。メラニーはそれらの道具を見て、サーと顔を青くする。

「――え？　これって……。も、もしかしてクイン様、お加減でも⁉」

「違《ちが》う。ただの健診だ」

「健診……？　じゃあ、ライトナーさんはお医者様……なんですか？」

「私のことはカレンと呼んで構わないよ。まぁ、ある意味では医者と言ってもいいかもね。ならば、私はクイン君の主治医といったところか」

カレンがニヤニヤと言うと、クインが呆《あき》れたようにため息を吐《つ》いた。

「ややこしい言い方をするな。メラニー。カレンは魔力《まりょく》について研究している学者だ」

「……学者？」

「そう、その通り。クイン君は私の大事な研究対象なんだよ！　なんせ、クイン君の魔力量は桁外《けたはず》れだからね！」

「では、クイン様が裸になっていたのは……」

「裸？」

ダリウスが眉を上げるのを見て、クインは両手を上げて、弁明する。

「ただの健康チェックです。誤解しないでください」

「そ、そうでしたか……」

とんでもない誤解をしてしまったことが恥《は》ずかしく、メラニーは俯《うつむ》いた。

「ところで、君は……」と、カレンが訊《たず》ねる。

「私の姪《めい》のメラニーだ」

ダリウスが紹介《しょうかい》すると、カレンはその場に立ち上がり、「あっ！」と叫ぶ。

「もしかして、例のクイン君のお弟子《でし》さん兼婚約者《けんこんやくしゃ》の、スチュワート家のお嬢《じょう》さんか！」

カレンがはしゃいだ声を上げて、クインとメラニーを交互《こうご》に見つめた。

「いやぁ、見たよ。魔術品評会の魔法！　クイン君の華麗《かれい》な連続攻撃《こうげき》も良かったが、君の魔法も素晴《すば》らしかった。本当に、あれはすごかったね！」

「その、それは、えっと……」

「クイン君が弟子に取るだけのことはあるよね。あれだけ大がかりな魔術を繰《く》り出すなんて、余程《よほど》の魔力の持ち主と見た。さすがはスチュワート家の娘《むすめ》。もしかして、クイン君以上の魔力量じゃないか？　是非《ぜひ》とも、私の研究に協力していただけないだろうか！」

カレンは捲《まく》し立てるようにしゃべりながら、グイグイとメラニーに近づいてくる。

なんだかユスティーナとは別の意味で強引《ごういん》な女性だった。

「あ、あの、それは……」

「――カレン。いい加減にしろ」

メラニーが戸惑《とまど》っていると、クインがカレンの首根っこを摑んで引き剝《は》がしてくれた。

しかし、カレンはまるで気にしていない様子で、引きずられながら、おやと首を傾《かし》げる。

「……あれ？　スチュワート家の上の娘と言えば、魔力がほとんどないと耳にしたことがあったが……。あれは嘘だったのかい？」

「……それは」

困ってクインとダリウスに助けを求めると、二人は考えるように顔を見合わせた。

「ダリウス教授。カレンは魔力の専門家です。一度、メラニーを診《み》てもらっても？」

「そうだね。いい機会か。カレン君、少し聞きたいことがある。メラニーも座りなさい」

「え？　あ、はい」


「なるほど。そのペンダントの石が魔力を供給しているのか。さすがはスチュワート家だね。すごいものを作るもんだ。是非見せて欲しいところだけど……」

「さすがにそれは彼女の両親の許可が必要だね」

興味津々な様子で、カレンがメラニーのペンダントをじっと見つめている。

このペンダントはメラニーが解読したスチュワート家の書庫に眠《ねむ》っていた古文書を参考に作られたもので、古代魔術の製法が組み込まれていた。埋《う》め込まれた魔石はメラニーの体質に合わせて作られたもので、メラニー以外の人間には使うことはできないが、技術的にはかなり画期的なものだ。不用意にスチュワート家の秘術を他人に見せることは禁止されていた。

「それは残念。……しかし、そうか。魔力が少ないにもかかわらず、あれだけの魔法を二度も使ったわけか。それは体の負担も大きいはずだ」

「やはり、医者の言っていた通りか」

クインとダリウスは、魔力について詳《くわ》しいカレンに、魔術品評会でメラニーが倒《たお》れた原因について相談をしていた。

「メラニーさん。その後の体調は？　体に何か違和感《いわかん》はない？　例えば魔力を使いにくいとか。体が疲《つか》れやすいとか？」

「えっと、特には……」

「ふむ。なるほど」

いつの間にか鞄《かばん》からペンと紙を出して、カレンはまるで医者の診療《しんりょう》のようにカルテに書き込んでいた。

「専門的なことは詳しく調べてみないとわからないけれど、元々微量《びりょう》の魔力しか持っていないのなら、医者の言う通り、単に体が膨大《ぼうだい》な魔力についていけなかっただけだと思うよ。後は、精神的なものもあるかな。メラニーさんは魔物なんて、ほとんど接する機会もなかったんだろう？」

「ええ、そうですね」

「なら、倒れるのも無理はないよ。普通《ふつう》の魔術師だって恐怖《きょうふ》を感じるのに、クイン君のような図太い神経の持ち主ならともかく、お嬢さんのような娘さんがガルバド相手にあの大立ち回りだもの。切迫《せっぱく》した状況《じょうきょう》だったとはいえ、相当怖《こわ》かったんじゃないかな」

カレンに言われ、あの時のことを思い出して、頷《うなず》いた。ガルバドが暴れる姿は本当に恐《おそ》ろしく、今でも時々夢に出るくらいトラウマになっていた。

「とは言え、症状《しょうじょう》を聞く限り、後遺症もないようだから、そこまで気にすることもないと思うよ。地道に魔力を使う練習を続ければ、体も慣れてくるはずさ」

「……そうか」

それを聞いて、クインは一先《ひとま》ず安心したように息を吐いた。

「しかし、君たちは両極端《りょうきょくたん》だね。普通は両親の魔力量が遺伝するものだが、二人とも突然《とつぜん》変異《へんい》のようだ」

「……あの、カレンさんはクイン様のご両親と面識が？」

カレンがめずらしいものを見る目でクインとメラニーを見比べた。

「ああ。家系に何か秘密があるかと思って、クイン君の実家に行ったこともあるよ」

「クイン様のご実家⁉」

「無理を言って、検査に協力してもらってね。でもクイン君のご両親は普通の魔力程度だし、知っている限りの家系の中にも特筆すべき人間はいなかったんだ。どうやらクイン君は突然変異らしい。実に興味深いだろう？」

カレンが熱心に説明をするが、それよりも彼女がクインの両親に会っているということがショックで、後半は全く耳に入ってこなかった。

クインの両親は、国の端《はし》の方にある田舎《いなか》の小さな領地を治めている貴族だ。遠方ということと領地運営に忙《いそが》しいこともあって、婚約にあたって手紙のやり取りは何度かしているものの、メラニーはまだ直接会ったことがなかった。

なのに、彼女は会って話もしているという。両親とも面識があるなんて、思っているよりも数倍、カレンはクインと親しい関係なのかもしれない。

メラニーは不安に思って、隣《となり》に座るダリウスの袖《そで》を引っ張った。

「あの、叔父《おじ》様。カレンさんとクイン様って、どのような間柄《あいだがら》なんですか？」

コソコソと訊ねる姪に、ダリウスは微笑《ほほえ》ましいものを見るように説明する。

「ああ、話しそびれてしまっていたね。二人は魔法学校時代の同級生で、私の下《もと》で一緒《いっしょ》に学んでいたんだよ。カレン君は見ての通り、明るくてね。孤独《こどく》になりがちなクイン君をよく構っていたものさ。だが、安心しなさい。二人は君が疑うような関係ではないよ。差し詰《ず》め、姉と弟といったところかな」

そう言われると、確かにそんな感じにも見えてくる。

メラニーたちがコソコソと話しているのに、クインが気づき、「何を話している？」と訊《き》いてきた。

「二人が姉弟《きょうだい》のようだと話していたんだよ」

ダリウスが笑って言うと、クインが露骨《ろこつ》に嫌《いや》な表情をした。

「こんなうるさい姉はいりません」

「失礼だな！　私だって、君のような可愛《かわい》げのない弟は嫌だよ！」

そんな二人のやり取りを見て、ダリウスの言う通り、心配することはないのかと思えてきた。すると、カレンはメラニーに熱弁を振《ふ》るう。

「ここへ来ているのは、あくまで研究のためさ。毎月欠かさず魔力を測定しているんだよ。あ、そうだ。ついでにメラニーさんの魔力も測らせてくれないかな。微量な魔力というのも、それはそれで面白《おもしろ》い研究になりそうだ」

「私はともかく、メラニーまで巻き込むな」

「いいじゃないか。どうせ、ここの職員なんだろ？　まとめて診察させてもらうよ」

「いや、メラニーは宮廷《きゅうてい》魔術師ではない」

「え？　そうなの!?　あれだけの魔法を披露《ひろう》したのに？　君の弟子《でし》なんだし、所属させてあげればいいのに」

カレンもオーリーたちと同じような反応を示した。

「それは無理だ。ここにいても、貴族たちに利用されるだけだからな」

「じゃあ、今は？」

「私の下で、勉強をしている」

「勿体無《もったいな》い！」

「……今は大人しくしているのが、一番だ」

あえて口にはしていなかったが、ユスティーナの件で警戒《けいかい》をしているのだろう。厳しい表情で告げるクインに、メラニーは俯《うつむ》いた。

（身の振り方を相談しようと思ってきたけど、やっぱりクイン様は、ほとぼりが冷めるまで、屋敷《やしき》で大人しくしていてほしいと思っていらっしゃるのね……）

チラリと横を見ると、頑《かたく》ななクインの様子に、ダリウスも困ったように眉間《みけん》に皺《しわ》を寄せていた。

そんな重苦しい空気を破るように、カレンが明るい声を挟《はさ》んだ。

「じゃあ、うちに来ないかい？」

「え？」

顔を上げると、カレンが笑《え》みを浮《う》かべ、メラニーを見つめていた。

「ああ。なるほど。その手もあるか」

メラニーの隣でダリウスがポンと手を叩《たた》く。

「えっと、――学者さん、ということですか？」

「そうだ。カレン君が勤めているのは、王都でも有数の研究機関なんだよ。イーデン学者協会と言ってね。優秀《ゆうしゅう》な学者たちが集まった研究組織なんだ」

「研究組織？」

「そう！　うちはいいよ。魔力の有る無しに関係なく、知識と意欲さえあれば誰《だれ》でも歓迎《かんげい》しているからね。研究分野も古今東西制限なく、自分の好きなことを自由に研究できる。それこそ、君が得意とする古代魔術を専門に研究したっていい。ここほど研究設備は整ってはいないけれど、ある程度の実験設備は揃《そろ》っているし、歴史だけは長いから古い本も多く持っている。それに、あちこちと連携《れんけい》しているから、頼《たの》めば王立図書館などの城の設備なども借りることができるよ」

「カレン。いきなり何を――」

「クイン君。よく考えてみなよ。きっと悪い話じゃないと思うよ？　なんせうちは民間の独立機関だ。君が懸念《けねん》している貴族たちのしがらみはほとんどないよ」

「それは……」

カレンの説明にクインは言葉を詰《つ》まらせて唸《うな》った。

「あの、独立機関とはどういうことなんですか？」

メラニーの疑問にダリウスが答えた。

「王政から離《はな》れた形態で作られた組織だよ。カレン君の言うように、君にはいいかもしれないな」

「もちろん、所属するには認定《にんてい》試験があるけれど、メラニーさんならすぐにでも承認されるんじゃないかな。なんせ、魔術品評会の実績があるからね。どうだい？　話だけでも聞かないかい？　なんなら、我々の職場も案内するよ？」

カレンが目を輝《かがや》かせて、メラニーとの距離《きょり》を詰めた。

「えっと……」

メラニーは困って、クインに視線を向けた。

「確かに、宮廷魔術師と比べて制約もあまりないし、危険も少ないが、しかし……」

目の届かない場所にメラニーが行くのが心配なのか、クインは渋《しぶ》った。

そんなクインを見かねて、ダリウスが援護《えんご》射撃《しゃげき》をする。

「クイン君。せっかくの話だ。見学だけでもしてみればいいじゃないか。何もすぐに決めることではないだろう？」

「もちろんです。話を聞いて、もし興味が湧《わ》いたら、考えてもらえればいいですよ」

ダリウスとカレンの言葉に、クインは何か考える素振《そぶ》りをした後、メラニーに訊《たず》ねた。

「――君はどうしたい？」

「わ、私、ですか……」

まさか意見を聞かれると思っていなかったので、非常に驚《おどろ》いた。訊ねるということは譲《じょう》歩《ほ》の意思があるということだろうか。

「……もし、迷惑《めいわく》でなければ、見学だけでも行きたいです」

おずおずとお願いすると、クインは「そうか」と呟《つぶや》き、髪《かみ》を掻《か》き上げた。

「君が望むなら、許可をしよう」

「——クイン様！」

メラニーが目を輝かせると、クインは仕方がないなと困ったように目元を緩《ゆる》ませた。しかし、次の瞬間《しゅんかん》には、カレンに厳しい目を向ける。

「カレン。くれぐれもメラニーを頼んだぞ」

「はは、クイン君がそこまで大事にする婚約《こんやく》者だ。任せておいてくれたまえ」

「では、お時間になりましたら、お迎《むか》えに参りますので、お気をつけていってらっしゃいませ。くれぐれも変なことに首を突《つ》っ込まないようにお願い致《いた》します」

馬車が市街地にある建物に到着《とうちゃく》すると、マリアはメラニーに再度忠告をする。

今日はカレンと約束していた学者協会の見学に訪《おとず》れていた。

さすがに使用人を連れて職場見学は憚《はばか》られるので、マリアは留守番だ。そのため、メラニーが変なことに関《かか》わらないよう、朝から何度も忠告を繰《く》り返されていた。

「それと、メルル様から離れないように」

名前を呼ばれたのがわかったのか、メラニーの肩掛《かたか》け鞄《かばん》がモゾモゾと動き、メルルの白い頭が出てくる。

「メルル様。メラニー様をお願い致します」

マリアが真剣《しんけん》な顔でメルルに言い含《ふく》めると、言っていることがわかったのか、メルルはコクコクと頭を振り、僕がついているから大丈夫《だいじょうぶ》だよと言わんばかりにメラニーに顔を向けた。

そんな心配そうなマリアに見送られ、メラニーは建物の前に立つ。

「なんだか、古そうな建物……」

研究施設《しせつ》と聞いて、城にある宮廷魔術師の職場を想像していたが、目の前にあるのは蔦《つた》の絡《から》んだ陰気《いんき》な大きな洋館だった。門の周りには雑草が生《お》い茂《しげ》っており、お世辞にも手入れが行き届いているとは言えない。

「門は開いているけど、勝手に入っていいのかしら？　お、お邪魔《じゃま》します……」

メラニーは恐《おそ》る恐る中に入ると、キョロキョロと周囲を窺《うかが》った。すると、建物のすぐ近くで地べたに座り、茂《しげ》みに顔を突っ込んでいる人物を見つけた。かなり怪《あや》しかったが、近くに人の姿もなく、その人物に話しかけることにした。

「あの……すみません……」

「……」

「あのー」

「……何？」

何度か呼びかけると、ひょろっとした若い男性が茂みから顔を出した。栗色の髪にたくさんの葉っぱをつけた彼は丸メガネをかけ直して、メラニーを見た。

「す、すみません。今日、ライトナーさんと約束をしている者なのですが」

「ああ、勝手に入って」

男性はぶっきらぼうに玄関《げんかん》を指すと、再び茂みに顔を突っ込んだ。

「え？　あ、いいのですか？」

「……」

返事がなく、仕方なくメラニーは奥の建物に向かう。玄関のドアを叩くと、すぐにカレンが出迎《でむか》えてくれて、ホッと胸を撫《な》で下ろした。

「やぁ、メラニー君。よく来たね」

「本日はよろしくお願いします。カレンさん。……今日はまた素敵《すてき》な装《よそお》いですね」

今日のカレンは黒のローブ姿ではなく、深緑のジャケットとパンツスタイルという男装をしていた。変わった装いだったが、背の高いカレンが着ると、不思議と様になっている。

「ふふ。ありがとう。私の家は、しがない下級貴族なのだけど、貴族向けの衣装《いしょう》を扱《あつか》う事業をしていてね。試作がてら、色々と貰《もら》うのさ。これもなかなか悪くないだろう？　そうだ。これを見てくれよ。この間、君からペンダントを見せてもらっただろう。あれから着想を得て、作ってみたんだ」

そう言って、カレンは涙形の赤黒い石が付いた耳飾りを見せた。

「この魔石は南の火山で取れた石で、魔力の含有量《がんゆうりょう》が多いんだ。さすがに私には、魔力供給なんて高度な加工は無理だけど、魔法の補助なんかに使えるかなと思ってね。例えば、着火剤みたいに、これを燃料にして魔法を強化するとか。今は、まだ魔石をそのまま加工しただけだけど、工夫次第で面白いものができそうだと思わないかい？」

カレンのほとばしる熱量に圧倒され、メラニーはコクコクと頷いた。

「そ、それは楽しみですね。……そういえば、ここは制服というのはないのですか？」

「昨日着ていた黒のローブが一応制服だよ。ただ、古臭《ふるくさ》いデザインだし、正式な場以外では、皆《みんな》、ほとんど着てないね。昨日はクイン君の所へ赴《おもむ》くのに着ていったけど」

「そうなんですね。……あの、あそこの茂みにいらっしゃる方も、ここの研究員の方ですか？」

メラニーがチラリと後ろを振り向くと、先程《さきほど》の青年はまだ地べたにへばりついていた。

さっきよりも茂みに埋《う》もれている割合が増え、今は足だけが見えている。カレンはその異様な姿を見て、平然と答えた。

「ああ、サルマ君か。植物学者でね。彼も優秀《ゆうしゅう》なここの研究員だよ」

「植物学者さん……ですか。なら、あれは植物か何かの観察を？」

「おそらくは。さぁ、中へどうぞ」

「……お邪魔します」

陰気な外見とは違《ちが》い、少々古いが、中は普通《ふつう》の建物だった。入ってすぐに小さなホールがあり、その正面の壁《かべ》に年配男性の古い肖像画《しょうぞうが》が飾《かざ》られてあった。

「この方は……？」

「ここの創立者のイーデン卿《きょう》だよ。平民出身でありながら、その優《すぐ》れた才能で、当時の国王陛下の専属医師にまで登りつめ、引退後は大きな財団を作った歴史的人物さ。彼が作った財団によって、ここの運営が賄《まかな》われているのさ」

(財団……。そっか。民間の組織だから、国から資金が出ているわけではないのね)

カレンの後に続き、建物内を歩くが、人気《ひとけ》はなく閑散《かんさん》としていた。宮廷《きゅうてい》魔術師の研究施設のように、多くの職員が出入りしているものだと勝手に思い込んでいたので、少し驚いた。カレンに訊ねると、彼女は苦笑《くしょう》する。

「もちろん、人はいるよ。でも、皆自分の研究に忙《いそが》しいからね。部屋に籠《こも》って、自分の世界に入り込んでいるのさ」

と、ちょうどそこへ、廊下《ろうか》の奥から人の姿が現れた。手には大量の書物を持っており、前が見えないのか、よろよろと歩いている。

「やぁ、ラダール博士。また新しい調べ物かい？」

カレンが声をかけると、積まれた本の脇《わき》から、浅黒い肌《はだ》の中年男性が顔を覗《のぞ》かせた。黒髪をボサボサと伸《の》ばし、無精髭《ぶしょうひげ》を生やしている。

「カレン君！　私が貸した本を返してくれないか？」

「ああ、ごめん。忘れていた。後で返しに行くよ」

「まったく。頼《たの》んだよ。こっちが言わないと返さないんだから」

男性はカレンの後ろにいるメラニーに目を向けることなく、ブツブツと文句を言いながら、近くの部屋へと入っていった。そのドアが閉まるのを見て、カレンは肩《かた》を竦《すく》める。

「今のは、歴史学を研究している、ラダール博士」

「皆さん、個人で研究をされているのですか？」

「うん。基本的にはね。複数人で研究しているグループもあるけれど、少ないかな」

「主にどのような研究を？」

「うーん。私のように医者まがいのことをやっている者もいれば、表にいた植物学者や、さっきの歴史学者。あとは天文学者とか鉱物学者とか、まぁ、色々だね。各々《おのおの》自分の好きなことを自由に研究している感じだよ。職員の中には他《ほか》の連中が何をしているのか全く知らないって奴《やつ》もいるね。もっとも、私は室長をやっているから、さすがに把握《はあく》しているけど。個性的な集まりをまとめるのには苦労するよ」

「カレンさんは管理職なんですか？　お若いのに、すごいですね」

「他にやりたがる奴がいないだけだよ。独立機関といえど、商談や金の融資《ゆうし》などで貴族相手の交渉《こうしょう》ごとも多いからね。自分の研究時間は取られるし、色々大変なんだ。私は貴族の端《はし》くれだから、そういった交渉ごとは慣れているから平気だけど。基本的に学者って輩《やから》は自分の研究以外に興味なく、引き籠《こも》っている奴が多いのさ」

それを聞いて、まるで自分のようだとメラニーは思った。もしかしたら、学者という職業は引き籠りがちな人間にピッタリな職種なのかもしれない。

「さて、メラニー君が関係ありそうなところと言えば……工房《こうぼう》とか、書庫室かな」

カレンは、メラニーの研究に関係ありそうな部屋をいくつか案内してくれた。歴史ある研究施設とあって、年季は入っているが、一通りの調合器具などは揃《そろ》っているし、古い書物も多くあった。

（確かに、ここでもそれなりの研究はできそう。だけど、本格的な調合作業をするなら、クイン様の工房の方が良さそうよね）

メラニーの考えを見透《みす》かしたのか、カレンが付け加えて説明する。

「別にここで研究しなくてはいけないということはないよ。現地調査や、自宅で研究している職員も多いからね。私もよくクイン君のところへ赴いているし」

先日の健康診断《けんこうしんだん》の様子を思い出し、ドキッとした。

定期的にクインと二人きりで会っていると思うと、複雑な気分になる。研究のためだとは理解しているが、それでも二人の信頼《しんらい》し合っているような空気感を見ていると、引け目を感じる自分がいた。

（――カレンさんが羨《うらや》ましい。私もカレンさんのようにクイン様から頼《たよ》りにされる存在になりたい。クイン様の婚約者《こんやく》として、もっと自信を持てる自分になりたい……）

「メラニー君？」

つい考え込んでしまったメラニーに、カレンがどうしたのかと首を傾《かし》げた。

「あ、いえ。えっと、その随分《ずいぶん》と、自由だなと思って……」

「そうでもしないと、すぐに手狭《てぜま》になってしまうからね。私の部屋のように」

そう言って、最後にカレンは自分の研究部屋を見せてくれた。

「……」

お世辞にも綺麗《きれい》とは言えない乱雑な部屋に、メラニーはドアの前で固まった。

小さな部屋に、所狭《ところせま》しと医療《いりよう》器具や書物が散乱し、テーブルはおろか、床《ゆか》にまで侵食《しんしょく》している。カレンは床の空いたスペースを器用に渡《わた》り歩き、中央にあるソファの上を片付け、メラニーを手招いた。

「さぁ、どうぞ。お茶でも淹《い》れようか」

「え、えっと……」

メラニーが躊躇《ちゅうちょ》していると、不意に隣《となり》の部屋のドアがバンと開いた。

「――カレンさん！　戻《もど》られましたか！　ラダールさんから、いい加減、本を返してくれと、督促《とくそく》されたんですけど！」

大声を上げて飛び出してきたのは、金色の髪《かみ》を短く切り揃えた、背の高い青年だった。

服の上からでもわかる広い肩幅《かたはば》と筋骨隆々《りゅうりゅう》の体格は、研究施設《しせつ》には不似合いに見えたが、隣の部屋から出てきたということは彼もまた学者なのだろうか。

「やぁ、カルロス君。さっき、本人に会って聞いたよ。さて、どこに置いたかな？」

「何度も言いますが、もう少し部屋を綺麗にしてください」

「困るものではないだろう？」

「いや、現に今、本を捜《さが》し出せずに困っていますよね？　……ってあれ？　すみません！　お客様でしたか」

彼はドアの脇に立ち尽《つ》くすメラニーの存在に気づき、慌《あわ》てて姿勢を正した。

「あの……、私も手伝いましょうか？」

おずおずとメラニーが申し出ると、青年が止めた。

「甘やかさない方がいいですよ。この人、人の隙《すき》に付け入るのが上手《うま》いですから。気づけば、僕のようにいつの間にか助手にされますよ」

「助手……？」

つまり、この体格の良い青年は研究員ではなく、カレンの助手なのだろうか？

「うーん。見つからないな。ま、あとでいいか。それより、メラニー君に説明をしないとね。あ、ちょうどいい。カルロス君。お茶の準備をお願いできるかね」

「ほらね」

カルロスと呼ばれた青年は、メラニーにおどけた顔を向けた。

「そもそも、カレンさん。まさか、この魔窟《まくつ》の中で、お茶を飲む気じゃないですよね？」

「そのつもりだが？」

「ダメですよ！　可憐《かれん》なお嬢《じょう》さんがこんな部屋にいたら、すぐに体調を悪くしてしまいますよ！　応接室に行きましょう！」

場所を応接室に移したメラニーとカレンの前に、カルロスが紅茶を持って現れた。

「はい、どうぞ。お茶です」

「あ、ありがとうございます……。あの、えっと」

メラニーがカルロスの方を窺《うかが》うと、気づいたカレンが改めて紹介《しょうかい》する。

「紹介がまだだったね。彼は私の研究の助手をしているカルロス君だ」

「初めまして！　カルロス・ブルックと申します。気軽にカルロスと呼んでください」

カルロスは手にしたお盆《ぼん》を脇に挟《はさ》むと、背筋を真《す》っ直ぐに伸《の》ばし、メラニーに敬礼する。

その振《ふ》る舞《ま》いは、学者というよりも、騎《き》士《し》や兵士のようだ。

「よ、よろしくお願いします」

カルロスの威《い》勢《せい》に圧倒《あっとう》されていると、カレンが苦笑した。

「ぱっと見、騎士のようだろう？　実際、彼の家は代々騎士の家系でね。幼い頃《ころ》から鍛《きた》えられていたんだ。でも、剣《けん》の特訓より勉強の方が好きで、騎士の道を蹴《け》って研究者になった変わり者なんだよ。少々、声と図体《ずうたい》がでかいが、気にしないでくれ」

「本当は魔力さえあれば、魔術師になりたかったんですけどね」

アハハとカルロスは明るく笑って言った。

「カルロス君。彼女はメラニー・スチュワートさん。うちの研究所で働く予定の子だよ」

「カレンさん。見学に来ただけで、まだ入るかどうかは……」

「ほう！　それは嬉《うれ》しいですね。どんな研究を？」

「え、えっと……古代語に関することで研究ができたらと思っています……けど、まだ入るかどうかは……」

「古代語？　──あっ！」

突然《とつぜん》、カルロスが大声を上げた。

「もしかして、あなた、魔術品評会でガルバドを倒《たお》した人ですか!?　それに、スチュワートって、あの侯爵《こうしゃく》家のスチュワートさん!?　ほ、本物ですか!?」

「きゃっ！」

興奮したカルロスが迫《せま》り、メラニーが思わず声を上げると、メラニーの危険を察知したメルルが鞄《かばん》の中から飛び出してきた。

「シャー！」

「うわっ！」

「へ、蛇《へび》!?」

突然、鞄の中から現れた白い大蛇《だいじゃ》にカルロスとカレンが揃って悲鳴を上げる。

「ごめんなさいっ！　私の使い魔なんです。ほら、メルル。危険じゃないから大丈夫《だいじょうぶ》よ」

メラニーは慌てて宥《なだ》めようとするが、テーブルの上に着地したメルルは、今にもカルロスに襲《おそ》いかからんと警戒心《けいかいしん》を見せてゆらゆらと体を揺《ゆ》らしていた。

しかし、なぜかその姿を見て、カルロスが目を輝《かがや》かせる。

「──なんと、蛇の使い魔！　それはめずらしい！　そしてなんという美しい姿！　ちょっと触《さわ》らせてください！」

「か、カルロスさん⁉ 危ないですよ！」

鼻息を荒《あら》くしたカルロスがメルルに触《ふ》れようとするので、メラニーは止めに入ろうとするが、一足遅《おそ》かった。

「シャー！」

案の定、警戒《けいかい》態勢のメルルがカルロスに襲いかかる。

「ぐええ！」

メルルがカルロスの体にぐるぐると巻きつき、その首元をぎゅっと締《し》め付け始めた。

「カルロス君！」

「カルロスさん！ め、メルル！ ダメよ、放して！」

カレンとメラニーが慌てて床に転がるカルロスからメルルを引き剥《は》がそうとするが、首を絞《し》められているカルロスが息も絶え絶えに待ったをかける。

「ま、待ってください……」

「カルロスさん？」

「ふふふ。な、なんという警戒心。この、力強さ。た、たまらない……」

顔色を青くしながら、嬉々《きき》とした表情を見せるカルロスに、メラニーは思わず手を引っ込めてしまう。困惑《こんわく》してカレンに助けを求めるが、カレンもまた嫌《いや》なものを見る目でカルロスを見つめていた。

「カルロス君の悪い癖《くせ》が出たな……」

「悪い癖って……」

「彼は少々魔物愛が強くてね。変わった魔物を見ると、こうなるんだ。気持ち悪いだろう？　いっそのこと、放《ほう》っておこうか？」

「でも、このままというわけにも……」

「……ふふ、これは……まさに天に昇《のぼ》っていけるような……っ、よさ……」

そうこうしている間にもカルロスの声がどんどんと弱々しくなっていく。

「か、カルロスさん!?　しっかりしてください！　――メルル！　それ以上はだめぇ!!」

「ごめんなさい、ごめんなさい。大丈夫でしたか？」

興奮状態のメルルをなんとか引き剝がし、メラニーはカルロスに謝った。

「いえ、素晴《すば》らしい体験でした」

「……」

絞められた首を摩《さす》りながらも恍惚《こうこつ》とした表情を見せるカルロスに恐怖《きょうふ》を感じ、思わず守るようにメルルをぎゅっと抱《だ》きしめる。メルルも、今までこんな変人と出会ったことがないらしく、メラニーの腕《うで》の中でシューシューと警戒音を出していた。

「な、変態だろう。学者になろうという人間は、基本的に奇人《きじん》変人の集まりなんだ」

ドン引きするメラニーにカレンはすまし顔で言うが、そんなこと初めて聞いた。これから自分もその奇人変人の中に入ろうか検討していると思うと、ちょっと嫌だ。

「……あの、カルロスさんは何の研究をなさっているのですか？」

「僕は魔物についての研究を専門にしています。よろしければ、メルルさんを研究させていただけないでしょうか！」

懲《こ》りずに近づこうとするカルロスに、メルルが「シャー！」と威嚇《いかく》する。

「おおっ！　主人を守ろうとするその姿！　近年、使い魔を操《あやつ》る魔術師も少ないので、実に興味深いですね。是非《ぜひ》、研究させてください！」

困ってメルルを見ると、威嚇にも怯《ひる》まないカルロスを恐《おそ》れたのか、逃《に》げるように鞄の中に戻《もど》っていった。

「えっと、メルルが嫌がっていますので……」

「……そうですか。残念です」

しょんぼりと項垂《うなだ》れるカルロスには悪いが、メルルとカルロス双方《そうほう》の安全のためだ。

メラニーはこれ以上メルルを刺激《しげき》しないように、カルロスから少し距離《きょり》を取っておくことにした。

「そこの大男のことは気にするな。自分の研究も満足に進められていない状態だしな」

「悲しいことにお金がないんです。資金を出してくれるパトロンが見つからなくて、研究ができない状態なんですよ」

「どういうことですか？」

どういうことかとカレンを見ると、カレンは肩《かた》を竦《すく》めて説明した。

「うちは独立機関だからね。宮廷魔術師《きゅうていまじゅつし》のように潤沢《じゅんたく》な予算はないんだ。財団から融資《ゆうし》を受けているとはいえ、基本的には研究などを通して、色々な機関と商談して運営しているんだよ。予算には限りがあって、足りない分は個人で賄《まかな》っていく必要があるんだ。多くの研究員は、自分の研究を売り込んで、支援金《しえん》をもらって研究を続けているのさ。上手《うま》くパトロンが見つかればいいが、パトロンが出資を打ち切れば、そこで研究が終わってしまうこともざらだしね」

「……宮廷魔術師とはだいぶ違《ちが》うんですね」

「それはそうだよ。国の花形機関と民間組織では大きな差があるさ」

（当初の説明とは随分《ずいぶん》違うような気がするわ。自由に自分の研究ができると言っていたのは嘘《うそ》だったのかしら？）

考えていたことが顔に出たのか、カレンは慌《あわ》てたように弁明した。

「メラニー君の場合は、古代魔術に関する研究だろう？　魔術品評会の実績もあるし、確実に予算なり支援金なりが入るから、大丈夫だよ」

「……本当ですか？」

なんだかカレンの笑《え》みが胡散臭《うさんくさ》いもののように見えてきた。クインやダリウスの知り合いだから、信用したい気持ちはあるものの、雲行きが怪《あや》しい気がする。

すると、話を聞いていたカルロスが首を捻《ひね》った。

「あのー。そもそも、貴族のお嬢《じょう》さん、しかもあのスチュワート家の令嬢なら、うちの研究機関に入る必要ないんじゃないですか？」

「変でしょうか？」

「お金を持った貴族なら、わざわざどこかの機関に入らなくても、自分で研究を進められるからね。私も貴族の端《はし》くれだが、下級貴族ならともかく、爵位持ちの貴族はめずらしいよね」

カレンの言うことはもっともである。

現にメラニーの実家であるスチュワート家は、どこの機関にも所属することなく、敷地《しきち》内に工房《こうぼう》を建てて独自に研究を行っている。スチュワート家は基本的に研究内容を秘匿《ひとく》しているが、自分たちが開発した技術や製法、または魔術具などを売ることで収益を得ている貴族も多い。例えば、エミリアの実家であるローレンス家がそうだった。

メラニーが口籠《くちごも》ると、カレンが助け舟《ぶね》を出した。

「カルロス君。人には人の事情があるんだよ。あまり突《つ》っ込まないように」

「あ、失礼しました！　すみません。余計なことを聞いて」

「い、いえ。あの、ところで、魔物の研究はそんなにお金がかかるものですか？」

「それなりに。どこにどんな魔物が生息しているか、魔物の分布図や進化の過程を調べるのが僕の研究なんですが、フィールドワークをするにも、一人でやるのには限度がありますし、護衛費もかかりますからね。……宮廷魔術師に共同研究を申し込めたら、理想なのですが……」

「共同研究？」

「ええ。宮廷魔術師の中にも魔物を専門に研究されている部署がありますからね。最近では、街の近くまで魔物が出現することも増えて、魔物に関する研究は急務とされていますし。なので研究をご一緒《いっしょ》できればと思ったんですが……門前払《もんぜんばら》いを食《く》らいまして」

「どうしてですか？」

一緒の内容を研究するなら、双方にとってメリットがありそうなものである。

疑問に思って訊《たず》ねると、カレンとカルロスが揃《そろ》って肩を竦めた。

「基本的に彼らは民間の機関を見下しているからね。非協力的なのさ」

「見下すって……」

「まぁ、この国は魔術師優位で成り立っている国ですからね。時には命を張って国民を守り、常に実力主義の世界で働いている彼らと、僕らみたいに自由気ままに研究をしている民間の組織じゃ雲泥《うんでい》の差というか。こっちのことなんて、歯牙《しが》にもかけないって感じですかね」

「そうそう。私もクイン君の健診《けんしん》のためによく向こうにお邪魔《じゃま》するけど、その度《たび》に睨《にら》まれちゃうし、大変だよ」

「それはブランシェットさんが人気者だからじゃないですか？」

「そうとも言えるね」

「あ、あの……。なら、どうしてクイン様は協力を？」

もし、クインも同様にそのような見下した感情を持っていたとしたら、ただでさえ多忙《たぼう》なのに、わざわざ時間を取って、カレンの研究に協力しようなどと考えないはずだ。それとも、相手がカレンだから協力しているのだろうか。そう考えると、胸の奥がモヤモヤとした。しかし、カレンは目を細めて笑った。

「それは、クイン君が偏見《へんけん》を持たない人間だからさ」

「そうそう。ブランシェットさんくらいですよ。こうして協力してくれるのは」

「そうなんですか？」

二人のクインに対する評価に驚《おどろ》いたが、よく考えれば魔力をほとんど持たないメラニーを弟子《でし》に取るくらいだ。偏見を持たないというのも納得《なっとく》できた。

「彼は合理主義者だからね。協力できるものは何でも利用する性格なのさ。周りはいい顔をしていないけれど、それを気にしないのが彼らしいよね」

その話を聞いて、偏見を持たないクインの考え方を嬉《うれ》しく思った。

「クイン様みたいに、お互《たが》いの垣根《かきね》を越《こ》えて、協力できたら良いですね」

「ははは。そうですね。僕らはそう願っていますよ」

メラニーの言葉にカルロスが同意し、カレンも微笑《ほほえ》んだ。

「……さて、話が長くなったね。じゃあ、そろそろ認定《にんてい》試験についても話しておこうか」

「は、はい。お願いします」


「と、いうことで、その……認定試験を受けることになりまして……」

「…………」

クインはメラニーの話を聞きながら、眉間《みけん》を揉《も》んでいた。帰宅して早々、頭の痛い話を聞くことになり、思わずため息が出てしまう。

「どうして試験を受ける話になったんだ？　見学だけの予定だったろう？」

「私もそう思ったのですが、カレンさんが、まずは試験だけでも受けてみて、入会するかどうかは、結果が出た後に決めてもいいからと、言われまして……」

まるで怯《おび》えた小動物のようにビクビクとしながら、顔色を窺《うかが》うメラニーを見て、クインは心の中でカレンに舌打ちをした。

(メラニーが強く言えない性格なのを見越《みこ》して、うまく言いくるめたな)

「……それで、試験の内容は？」

「えっと、論文発表です。自分の得意とする分野で、研究内容をまとめて、協会の代表者の前で発表するらしいです」

「自由課題か」

「はい。でも、一応、国のために役に立つことがテーマとされています。クイン様。あの、私——」

「試験を受けようと考えているのか？」

クインが訊ねると、メラニーはコクコクと頷《うなず》いた。

「は、はい……。カレンさんから話を聞いて、今まで通り、クイン様の弟子として学びながら研究もできますし、条件も悪くないと思いました」

「……」

メラニーの言う通り、弟子を続けながら、仕事ができるのは大きなメリットだろう。宮《きゅう》廷《てい》魔術師のように危険な場所に赴《おもむ》くことがないのも、安心できる要素だ。何より協会に所属することは、彼女の立場を守ることにもなる。総合的に考えて、今のメラニーに打ってつけの機関だと言えた。

クインが黙《だま》り込んでいると、メラニーが「あの……」と、声をかける。

顔を上げると、彼女が真剣《しんけん》な眼差《まなざ》しを向けていた。

「私、やってみたいです。クイン様が心配するように、騒動《そうどう》が収まるのを大人しく待つ方がいいのもわかっています。けど、いつ収まるかわからないし、それに収まったとしても、いつまた似たようなことが起こらないとも言い切れません。――その度に、クイン様に守られるだけというのは嫌《いや》なんです」

「……」

どうやら、彼女なりに色々と考えているようだった。

（彼女の意思は尊重したいが……。――だが、心配だ）

エミリア・ローレンスが起こした一件から、少しでも危険な要素があるところへ出かけないで欲しいと思っていた。

魔術品評会で倒《たお》れ、彼女が昏睡《こんすい》状態になった時、もしかしたら、このままもう目を覚まさないのではないかと恐怖《きょうふ》を感じた経験は、クインに深い後悔《こうかい》を与《あた》えていたのだ。そのせいで、メラニーに対し、必要以上に過保護になっている自覚はあった。

クインは考えながら、先日、ダリウスが職場を訪《おとず》れた際に言ったことを思い出していた。

カレンが帰った後、わざわざ個別に呼ばれ、釘《くぎ》を刺《さ》されたのだ。

『クイン君。過保護になるのはわかるが、もう少し羽を伸《の》ばせるようにしてやってくれないか？』

『羽を？』

『あの子はただでさえ、幼少期から不遇《ふぐう》な環境《かんきょう》で育ってきたんだ。あのままでは追い詰《つ》められて、心を病《や》んでしまうだろう。今の彼女は、まるでオルセン家の嫡男《ちゃくなん》と婚約《こんやく》をしていた時に戻ったようだよ』

前の婚約者と同じと言われて、さすがにショックを受けた。その頃《ころ》の詳《くわ》しい様子は知らないが、メラニーがどれだけ彼に傷つけられてきたか、話には聞いていた。そんな非道な元婚約者と自分が同じだなんて、心外だった。

だが、姪《めい》を心配するダリウスが言うのだ。余程《よほど》見ていられなかったのかもしれない。

クインはため息を吐《つ》き、こちらの反応を窺うメラニーをじっと見返した。

「……」

「あの……ダメでしょうか？」

「……わかった。許可しよう」

「本当ですか⁉」

「ああ、本当だ。……どうやら、私は心配するあまり、君を不安にさせてしまったようだ。すまなかった。これからは、やりたいことを見守っていきたいと思っている」

「クイン様……。ありがとうございます」

教授の言った通り、余程彼女に我慢《がまん》をさせてしまっていたようだ。目を潤《うる》ませるメラニーを見て、クインは反省する。そして、メラニーの隣《となり》に移動すると、彼女の瞳《ひとみ》に溜《た》まった涙《なみだ》を指で掬《すく》った。

「君にそんな顔をさせていたなんて、私はダメだな」

「そんなことありません！　クイン様が私のことを考えてくれていたことはわかっています。だけど、私が――」

「それ以上、自分を責めるようなことを言うな」

メラニーの唇に指を押し当てて黙らせると、彼女は一瞬驚いた顔をした後、すぐに照れた様子で頬を赤らめた。そんな初心な様子を見ていると、愛おしい気持ちが溢れてくる。

「これからは、遠慮せずに何でも言ってくれ」

クインが微笑んで言うと、メラニーは目をぱちくりと瞬いた。

「何でも……。で、では、一つお願いをしてもいいですか？」

「ああ」

今は彼女の言うことならなんだって叶《かな》えてやりたい気分だった。

「あの、私、街に出かけたいと思うのですが、よろしいでしょうか？」

メラニーの申し出に、クインは固まった。

「…………街に？」

「はい。試験内容として、古代語や古代魔術《まじゅつ》に関することを考えているんですが、魔術品評会の時のように、クイン様や古代魔術研究室の手を借りるのはダメだと言われまして。それで、一人でも研究できそうなことを考えたのですが、国の役に立つ内容となると、良い考えが思いつかなくて……。なので、実際に街に出て考えたいと思って……」

言いたいことはわかったが、箱入り娘《むすめ》の彼女が街を出歩くなんて大丈夫《だいじょうぶ》だろうか。しかし、何でも言っていいと言った手前、今更ダメだとも言えなかった。葛藤《かっとう》の末、クインは渋々《しぶしぶ》頷いた。

「……わかった。許可しよう。だが、マリアを連れて、絶対に一人にならないよう気をつけるんだぞ」

「ありがとうございます。クイン様！」

彼女の顔がパッと輝《かがや》き、その眩《まぶ》しさに思わず目を細める。

（――大事にするとは難しいな）

嬉《うれ》しそうに喜ぶメラニーを見つめ、クインは困ったように苦笑《くしょう》するのであった。

「マリア、あれを見て！　露店《ろてん》が出ているわ。なんて楽しそうなの！」

町娘が着るような質素なワンピースの上からフード付きの厚手のコートを羽織ったメラニーは、フードの隙間《すきま》からおどおどと周囲を窺いながらも、賑《にぎ》わう街並みを見て、興奮した声を上げた。

肌寒《はだざむ》い季節だというのに、子どもたちは元気に広場を走り回り、露店では威勢《いせい》のいい、活気に満ちた声が飛び交《か》っていた。街の人や旅人など、大人から子どもまで行き交う喧騒《けんそう》は、貴族街では見ることのできない光景だった。

「お嬢様《じょうさま》、はしゃぎ過ぎないようにお願いします。ほら、もっと周りを見て歩いてください。ぶつかりますよ」

同じく町娘に扮装《ふんそう》したマリアがメラニーの腕《うで》を取り、通行人にぶつかりそうになるのを防いでくれた。

「あ、ありがとう。マリア」

「まったく。今日は何をしに来られたか覚えていますか？」

マリアが眉間《みけん》に皺《しわ》を寄せて、メラニーに詰め寄った。

「下町が物めずらしいのはわかりますが、目的をお忘れなきようお願い致《いた》します」

「わ、わかっているわ」

「忘れておりましたね」

「……ごめんなさい」

「旦那《だんな》様からも気をつけるように言われていましたよね？　本当に頼《たの》みますよ？」

「はい。これから気をつけます。……それにしてもこんなに賑わっているとは思わなかったわ。いつもこんな感じなの？」

メラニーは道の端《はし》に寄り、フードを目深《まぶか》に被《かぶ》りながら、じっくりと人々の行き交う様子を観察した。

「もしかして、城下町は初めてですか？」

「馬車で通ったことはあるけれど、こうやって通りを歩くのは初めてよ。マリアは？」

「私はお嬢様ほど箱入り娘ではありませんので、買い物などで訪れることはあります」

「買い物か……。いいわね」

お店も一通り回ってみたいが、今日は買い物に訪れたわけではない。

それに、どうせならクインと行きたいところだ。美味《おい》しそうな飲食店や、魔術具専門店の軒先《のきさき》を覗《のぞ》きながら、どれもクインと回ったらどんなに楽しいだろうと想像した。

「お嬢様。今、旦那様のことを考えていらっしゃいますね」

「……ど、どうしてわかるの？」

「お顔に出ております」

頬《ほお》を触《さわ》るが、自分ではよくわからなかった。

「改めて言いますが、目的を忘れないでくださいね」

何度目かになる忠告をされ、メラニーはコクコクと頷《うなず》き、気を引き締《し》め直して、街の散策に繰《く》り出した。

「――こうして回ってみても、街の皆《みんな》が困っていることなんてなさそうに見えるわね」

広場から大通り周辺をぐるりと回ってみたものの、特に不穏《ふおん》な様子はないようだった。

「王様のお膝元《ひざもと》ですからね。さすがに治安はいいですよ」

言われてみれば、ここは王都なので、それなりに警備体制は整っている。城門では兵士たちが入国する人間を審査《しんさ》し、街の中にも見回りをする兵の姿があった。

（……何かヒントになることはないかと思ったけど、簡単には見つからないものね）

「メラニー様。お疲《つか》れではありませんか？　よかったら、お飲み物を買ってまいりますけど」

中央広場に入ると、マリアが露店の一つを指して言う。

「私もついていくわ」

マリアと一緒《いっしょ》に果物と果実水をメインに取り扱《あつか》っている露店へと向かった。店先には、林檎《りんご》や柑橘類《かんきつるい》といった冬の果物が並んでおり、メラニーは目を輝かせて、それらを眺《なが》めた。

悩んだ末にオレンジの果実水を選ぶと、マリアが二人分注文する。

女店主は注文を受けると、商品の中から手頃《てごろ》なオレンジをひょいひょいと選び、大きな包丁でスパンと真っ二つにした後、搾《しぼ》り器にかけた。

その手際《てぎわ》の良さに感心して見入っていると、横から中年の男性がやってきて、店の果物を覗いた。

「もうレモンは扱ってないのかい？」

男の質問に女店主が困った顔で謝った。

「ごめんね。最近、仕入れが少なくてさ。ここんとこ、また行商の数が減っているから仕方がないんだけどね。――あいよ。果実水が二つね」

マリアが二人分のお代を支払《しはら》い、メラニーたちは日の当たる近くのベンチに腰掛《こしか》けた。

早速《さっそく》、果実水を飲むと、オレンジの酸味《さんみ》が歩き回った体に染《し》み渡《わた》るようだった。

「ねぇ、マリア。なんだか、品薄《しなうす》って言葉をよく聞くんだけど……」

さっきのお店だけではなく、至る所で耳に入ってきていた。

「そうですね。ここ数年は他国からの品はあまり入ってきませんね。先程《さきほど》のレモンだって南方の暖かい地方から運ばれてくるものですし、全体的に交易が縮小していますね」

「どうして？」

「魔物のせいですよ」

当然のようにマリアは言った。

「ここ数年は旦那様もよく遠征《えんせい》に向かわれていると聞きましたが、本当に魔物の数は増えていますから。最近では交易路にも多くの魔物が現れているらしく、隣国《りんごく》との交易にも影《えい》響《きょう》が出ているそうですよ。社交界でもよく耳にしませんでしたか？」

「えっと、その……」

「…………」

呆《あき》れたように睨《にら》まれてしまい、メラニーは体を小さくする。

本当に世間知らずでいたことを痛感した。

「まぁ、これから見聞を広められたらどうですか？　学者を目指すということは、世間に対しても広い視野で見ていくことが必要となると思いますし」

「そうね。頑張《がんば》ります……」

果実水を飲み終わり、マリアが訊《き》いてくる。

「これからどうしますか？　城下町は大体回りましたし、職人街の方まで足を延ばしますか？　それかお疲れのようなら一旦《いったん》帰ってもいいですし」

「そうね。職人街の方も気になるけれど。……その前に、あそこに行ってみたいわ」

メラニーは顔を上げ、城下町をぐるりと囲んだ城壁《じょうへき》を指差した。

「城壁ですか？」

マリアが不思議そうに訊《たず》ねた。

「ええ。少し前にクイン様が城壁の周りで魔物の調査をなさっていたじゃない？　調査はもう終わってしまったけど、どういった場所で仕事をされていたのか見てみたいと思ったの」

メラニーはマリアに言いながら、先日、学者協会の話をした時に、クインとした会話を思い返していた。

『あの、クイン様はどうして宮廷魔術師《きゅうていまじゅつし》になろうと思ったのですか？』

それは、将来について色々と考えている時に、気になっていたことだった。

『そうだな。きっかけは単純で、ダリウス教授に勧《すす》められたからだな。正直な話、自分の才能を活《い》かせる場所ならどこでもいいと思っていたんだ』

『才能を活かす……。でも、危険な任務も多いお仕事ですよね。それでも、迷ったことはなかったのですか？』

『自分の実力を試《ため》してみたい気持ちの方が大きかったから、あまり迷いはなかったな。それに実際に宮廷魔術師になってからも、この仕事を後悔したことはない』

一切《いっさい》言い淀《よど》む様子のないクインに驚《おどろ》いていると、クインは、ふっと笑って言った。

『もちろん、危険な目に遭《あ》うこともあるが……そうだな。やはり、やりがいを感じているから気にならないのだろうな』

『やりがい、ですか？』

『ああ。実際に魔物退治などをして、人から感謝されたり、喜んでいる姿を見たりしていると、自分の力はそのためにあるんだと感じるんだ。自分の力が誰《だれ》かの役に立てることは、思いの外、嬉《うれ》しいものだ』

そう話すクインの表情はいつもより和《やわ》らいでおり、彼が心から思っていることが伝わってきた。

『誰かの役に……。素敵《すてき》ですね』

（私もそんな風に生きられたら——）

それは心の中に小さな夢が芽吹《めぶ》いた瞬間《しゅんかん》だった。

その話を聞いて、今までクインの仕事は大変なだけだと思っていたが、実際にはそれだけではないことに気づき、彼が何を感じて仕事をしているのか、もっと知りたくなったのだ。

「あそこなら、安全に森全体を見ることができるでしょう？」

「見張り台なら危険もないでしょうし、構いませんが、部外者を中に入れてくれるでしょうか？」

「それなら大丈夫《だいじょうぶ》。クイン様が宮廷魔術師が使う許可証を渡してくれたの。これがあれば街の施設《しせつ》に入ることができるわ」

メラニーがクインから預かった許可証を取り出すと、マリアが呆れて言った。

「全く、旦那様《だんなさま》はつくづくメラニー様に甘いですね」


フォステール王国の首都は、城の後ろに高く聳《そび》える山裾《やますそ》から円を描《えが》くように街全体をぐるりと城壁に囲まれていた。長い城壁には三つの大きな門があり、メラニーたちが向かったのは、その内の正門だった。

正門は一番立派で頑丈《がんじょう》な造りになっており、巨大《きょだい》な門扉《もんぴ》の左右には、詰所《つめしょ》を併設《へいせつ》した塔《とう》が建っていた。街に入る行商人や旅人は必ず正門を通らなければいけないので、詰所には多くの門番が常駐《じょうちゅう》している。詰所にいた兵士に許可証を見せると、一人の老兵が見張り台までメラニーたちを案内してくれた。

「わぁ！」

詰所の脇《わき》から続く、石畳《いしだたみ》の長い螺旋《らせん》階段を上ると、見晴らしの良い景色が広がっていた。眼下には緑の生《お》い茂《しげ》った森が広がり、その中に山から続く小川も見える。広大な森を抜《ぬ》けると平原があり、更《さら》に奥には大小の山々が連なっていて、そちらは雪景色となっていた。

時折、冷たい風が吹き抜け、メラニーはぶるりと体を震《ふる》わせた。

「お嬢様《じょうさま》、お風邪《かぜ》を召《め》しませんように」

マリアが荷物の中から大判のショールを取り出し、メラニーの肩《かた》にかけてくれた。

「ありがとう」

ショールで体を包み込むと、少しは寒さがマシになった。

（こう見ると森って広いのね。この森の中で魔物を捜《さが》すのは大変そう……）

「……こんな街の近くに大型の魔物が出るかもしれないなんて怖《こわ》いわね」

「そうですね。基本的に、この森を抜けた辺りから魔物の数が増えるらしいです。なので、商人や旅人は外へ向かう際、護衛や傭兵《ようへい》を雇《やと》っているそうですよ。ですが、森の中まで危険な魔物が出るというのは、私も初めて聞きました。中型くらいまでの魔物なら、時々耳にしますが……」

「――いや、ここ最近はそうとも限らないな」

会話に入ってきたのは案内をしてくれた老兵だった。

老兵は皺《しわ》だらけの手を擦《さす》るように撫《な》でると、柵《さく》へと近づいて、森に視線を向けた。

「数年前から森に現れる魔物の種類も多くなって、魔物に襲《おそ》われたという報告がよく入ってくるようになってな」

「そうなんですか？」

「ああ。昔は城門の前にも多くの露店《ろてん》が並んでいたもんだが。見てみい、今は人の数も少ないだろう？」

柵に掴《つか》まって下を覗《のぞ》くと、門扉の周囲の開けた場所に、露店がまばらに出ていた。しかし、街の中とは違《ちが》い、通行人自体少ないようで非常に閑散《かんさん》としている。

「冬の間は、元々行き交《か》う人数も少ないが、それでも昔と比べると、旅人の数もめっきり減っているのさ。昔はもっと活気があったんだがな」

「……それだけ魔物が増えているんですね」

「そうだな。——おっと。噂《うわさ》をすれば。あっちを見てご覧なさい」

老兵が指差す方向に目を向ければ、正門から少し離《はな》れた茂みに、武装した兵士たちが集まっていた。

「何かしら？」

「——どうやら、魔物のようですね。あれはウリボアでしょうか？」

ウリボアは額に鋭利《えいり》な角を持つ、猪《いのしし》を二回りほど大きくした魔物だ。見た目も猪に似ているが、生態は違うらしい。普段《ふだん》は山の方に群れで住んでおり、人里に下りてくることは滅多《めった》にない。

「ありゃ、群れからはぐれたやつだな。冬眠《とうみん》から目が覚めたんだろう」

冬の間は動物のように冬眠する魔物も多く、全体的に活動数は少ないものだ。しかし、春が近づき暖かくなると魔物の動きも活発になってくる。だが、あのウリボアは春を前に目が覚めてしまったのかもしれない。餌《えさ》を求めて山から下りてきたのだろうか。

心配して見ていると、城壁《じょうへき》に近づこうとしたウリボアは兵士たちの威嚇《いかく》によって、すぐに森の方へと逃《に》げていった。

「良かった。逃げたみたいだわ」

兵士たちにも被害《ひがい》がないようで、ホッと胸を撫で下ろす。しかし、あの調子で魔物が頻《ひん》繁《ぱん》に出没《しゅつぼつ》しているのなら、露店を出す人や城門を利用する人が危険だろう。

「何か、対策は取れないのかしら？　ほら、結界魔法を使うとか」

品評会でガルバドが暴れた時に、魔術師たちが結界魔法をかけて観客を守っていた姿を思い出して、マリアに訊《たず》ねた。

「基本的に、結界魔法《まほう》は詠唱《えいしょう》している間しか発動しないので、一時的だったらともかく、魔物対策には使えませんね。魔物が嫌《きら》う防御《ぼうぎょ》魔法の効果がついた魔術具も出回っていますが、そういったものは高価な上に耐久《たいきゅう》性がないので、数回使っただけですぐにだめになるものばかりですし。それに小型の魔物はともかく、大型の魔物には効果はないようです。結局のところ、王都のような広い範囲《はんい》を守るには、人の手で魔物を狩《か》るしか方法はないと思います」

「そうなのね……」

古代魔術研究室で、ケビンが魔法陣《まほうじん》を使えないか話していたのも、魔物の問題が大変なことになっているからだろう。

(今みたいに頻繁に魔物が出ているから、クイン様も忙《いそが》しいのね。……何か解決する自衛策があれば良いのに。——あ、そうだわ。これを題材に、何か考えるのは良いかも。国の役にも立つし、何より巡《めぐ》り巡ってクイン様のお役にも立てるはず！)

妙案《みょうあん》を思いつき、メラニーは瞳《ひとみ》を輝《かがや》かせた。しかしそこへマリアが声をかける。

「お嬢様。冷えますし、このくらいにして、そろそろ戻《もど》りませんか？」

「……名残惜《なごりお》しいけど、そうね。案内してくださって、ありがとうございました」

「そうかい。じゃあ、帰りはあっちの階段を下りて、詰所を通っていくと正面口に出るよ。俺はこのまま見回りに戻るから」

老兵と別れ、言われた通り、来た時とは反対側の階段から帰ることにした。どうやら狭《せま》い階段なので、一方通行になっているらしい。

「メラニー様。足元にお気をつけください。階段が急勾配《きゅうこうばい》ですから」

狭い階段を下りながら、後ろを歩くマリアが忠告する。行きも段差が高くてヒイヒイ言いながら上ったが、帰りも大変だった。足元に気をつけながら、ゆっくりと下りる。

「ここは戦時中に建てられたものだから、敵が侵入《しんにゅう》しにくいように、わざと急勾配に造ったそうよ」

「よくご存じですね」

「家の書庫室で読んだことがあるの。あれは何の本だったかしら？　建国についての歴史書だったと思うけど」

「それも古代語の書物ですか？」

「ええ。多分……」

話しながら階段を下りきると、通路が二手に分かれていた。

「あら？　出口はどちらかしら？」

螺旋《らせん》階段だったので、ぐるぐると回っているうちに方向がわからなくなってしまった。キョロキョロと辺りを見回すが、人もいなければ、何の目印もない。

「人もいないようですし、困りましたね。とりあえず片方を進んでみて、違うようなら引き返しましょうか」

マリアの提案で適当に決めた方を進んでいると、途中《とちゅう》から極端《きょくたん》に幅《はば》が狭くなった。

「こっちじゃなかったのかしら？」

「でも、奥は明るいですし、もう少し進んでみませんか？」

「そうね……、きゃっ！」

「足元にお気をつけください。大丈夫《だいじょうぶ》ですか？」

石畳《いしだたみ》の小さな段差に転びかけるメラニーにマリアが駆《か》け寄った。

「大丈夫。何かに躓《つまず》いたみたい」

メラニーは躓いた原因となった足元に注目した。よく見ると、床《ゆか》に銅板でできた小さなプレートが埋《う》め込まれており、それによって小さな溝《みぞ》ができていた。どうやら、この溝に躓いてしまったらしい。

「……どうしてこんなところにプレートが？　――って、これ！　古代文字だわ！」

プレートの上に薄《うす》く積もった砂を払《はら》ったところ、思わぬ発見をし、興奮の声を上げる。

「本当ですね。古い建築物ですし、こういったものが残っていても不思議ではありませんが、こんな通路にあるなんて、何でしょうか？」

「確かにそうね。何が書いてあるのかしら？」

メラニーは純粋《じゅんすい》な興味から、ウキウキと残りの砂を払い除《の》けると、プレートに書かれた文字の解読を試みた。

「とても短い文章ね。……『ここは窓』。えっと、次は『開いています』？」

「窓なんてありませんよ？」

「そうよね。……じゃあ、文法が違うのかしら。『窓はここにあります』？　じゃないわね。あ！　『窓』じゃなくて、『扉《とびら》』ね！　うーん。『扉を開けるには』ってことかしら。いいえ、これは命令形？　だとすると……」

メラニーは悩《なや》んだ末に一つのフレーズを思いついた。

「『扉よ、開け！』――かしら？」

まるで物語の台詞《せりふ》みたいと笑っていると、不意に体の中の魔力が動く気配がした。

「っ⁉」

ペンダントの魔力が体内を巡り、眩暈《めまい》を起こして壁に手をつく。

「――メラニー様！　後ろっ！」

マリアがメラニーの寄りかかった壁を指差した。

「え、何これ――魔法陣⁉」

さっきまで何もなかった壁に突如《とつじょ》として魔法陣が浮《う》き上がっていた。

薄く鈍《にぶ》い色で光り輝く魔法陣の出現に固まっていると、鞄《かばん》がモゾリと動き、今まで大人しくしていたメルルが顔を出して壁に向かって、威嚇音を上げた。

「シャー！」

「メラニー様っ！　離れてください！」

マリアが叫《さけ》んだ、その時だった。

メラニーの視界がぐにゃりと歪《ゆが》み、体が魔法陣に引っ張られた。

「えっ？」

「――っ！　メラニー様！」

突如出現した壁の魔法陣に、メラニーの体が吸い込まれるように消えたのを見て、マリアは悲鳴を上げた。

「メラニー様っ！」

追いかけようとして手を伸《の》ばすが、硬《かた》く冷たい石壁に阻《はば》まれる。

「痛っ」

壁にぶつかった手を摩《さす》り、何が起こったのか考える。

目の前でメラニーとメルルが壁の向こう側へ消えたことは間違《まちが》いない。

問題はこの壁に浮かび上がった魔法陣だ。

「これ、古代魔術の模様……？」

急に壁に浮かび上がった原因は、間違いなくメラニーが呟《つぶや》いた古代語のせいだろう。

（もしかして、『扉よ、開け』って、転移魔法の意味？）

「って──。まずいわ！」

眺《なが》めているうちに魔法陣の色が薄まっていくのに気づき、マリアは焦《あせ》り出す。

「待って！　メラニー様が中にいるのよ！」

力任せに壁を叩《たた》くが、頑丈《がんじょう》な石壁は何の反応も示さなかった。そうこうしている間に、魔法陣は跡形《あとかた》もなく消えてしまった。

「ちょっと、どういうこと⁉　魔法陣はどこへ行ったの⁉　お願い、開いて！　メラニー様！　そこにおられますか⁉」

大声を上げながら壁に耳を当てるが、返事は聞こえてこなかった。

「……大変」

事の重大さに気づき、マリアの顔から血の気が引いていく。

（――どうしてあの人は次から次に問題を起こすの！）

ホワホワとした見た目とは裏腹に、メラニーはかなりの問題児のようだった。

（奥様が心配されて、お目付け役を私《わたし》に遣《つか》わすのも当然ね。全く、もう！）

マリアは元々スチュワート夫人に仕えていた侍女《じじょ》だ。

実家はスチュワート家の分家の一つで、代々の家訓に基《もと》づき、行儀見習《ぎょうぎみなら》いのために本家のスチュワート家に奉公《ほうこう》に出て、すぐに直接スチュワート夫人に仕えるようになった。

厳しいとされるスチュワート夫人に認められることは使用人の間ではかなり名誉《めいよ》あることだったのだが、ある日、スチュワート夫人から娘《メラニー》の下《もと》へ行くよう命令されたのだ。

いくら主人の命令とは言え、なぜ自分が家を離《はな》れる娘の下へ行かなくてはいけないのだろうかと、納得《なっとく》がいかなかったマリアだったが、メラニーに仕えてまだ短い時間でも、その理由がよくわかった。

メラニーは、才能がありすぎる癖《くせ》に不用心で危なっかしく、無垢《むく》な少女だった。

（お屋敷《やしき》にいるときは大人しい子だと思っていたけれど、とんでもないわ！）

マリアは慌《あわ》てて腰《こし》に下げていた鞄の中から小瓶《こびん》を取り出した。

瓶《びん》の中には数羽の綺麗《きれい》な模様をした青い蝶《ちょう》が入っている。これは、メラニーと街へ出かける際に、緊急《きんきゅう》時のためにとクインから渡《わた》されたものだった。さすがに、使うことはないと思っていたのに、まさかこんなに早く使う羽目になるとは……。

小瓶を開けると、二羽の青い蝶がマリアの指先に止まった。

彼らは羽ばたきの信号により、受け取った相手にメッセージを伝えてくれる有能な使い魔《ま》の一種だった。長い伝言は無理だが、緊急のメッセージなら問題ない。

マリアは、場所とメラニーに危機が迫《せま》っていることだけを蝶に伝えると、指先を天に伸ばす。

「急いで伝えて！」

蝶の伝言はクイン宛《あて》とスチュワート家宛の二通だ。

マリアは祈《いの》る気持ちで青い蝶が飛んでいく方向を見届けた。

第四章　城壁に眠った古代魔術

「きゃっ⁉」

魔法陣《まほうじん》の中をすり抜《ぬ》けた拍子《ひょうし》にバランスを崩《くず》し、メラニーは冷たい石畳の上に投げ出された。

「いたた。一体、何が――」

振《ふ》り返ろうとして顔を上げると、真っ暗な闇《やみ》が広がっていた。

ギョッとして、心臓が跳《は》ねる。

「……ここはどこ？　――マリア！」

マリアの名を叫ぶが、さっきまで後ろにいたはずの彼女の気配は消えていた。

暗闇の中、手探《てさぐ》りで通り抜けたと思われる壁を叩く。

「ねぇ、マリア！　そこにいるの⁉」

しかし、壁の向こうから声は返ってこない。

「マリア！　お願い返事をして！」

力任せに壁を叩くが、メラニーの声が壁に反響《はんきょう》するだけだった。

「……どうしましょう」

何か見えないか目を凝《こ》らして周囲を見回すが、依然《いぜん》として視界は闇に包まれたままだ。

密閉された空間なのか、どこからも光は漏《も》れていない。

それに、心なしか少し寒く感じた。

(空気が冷たいわ……)

ショールを抱《だ》きしめるように体を擦《さす》っていると、腰のあたりから小さな鳴き声が聞こえた。ゴソゴソと動く気配に、鞄の中に入れていたメルルの存在を思い出す。

「メルル！　ああ、よかった。あなたがいたわ！」

「シャ、シャ」

鞄の中から顔を出したメルルは、メラニーの体を登っていく。そして、メラニーの首元に器用に収まると、辺りの様子を窺《うかが》うようにキョロキョロと体をうねらせた。

「メルル。ここがどこだかわかる？」

さすがのメルルもこの真っ暗な空間ではわからないようで、すぐにメラニーの首元で大人しくなった。

だが、メルルが警戒《けいかい》した様子を見せていないということは、危険ではないという証《あかし》だ。

(危険がなさそうなのは良かったけど、でもこれからどうすればいいの？　そもそも、どうして、こんなことになったのかしら？　——原因は、あの魔法陣よね)

プレートに彫《ほ》られた古代語を解読した途端《とたん》、壁《かべ》に魔法陣が浮《う》かび上がり、魔力供給のペンダントが反応し、魔力が吸い取られたことを思い出す。

自分の体内からごっそり魔力が流れていく、あの感覚は前にも覚えがあった。

——間違いない。古代魔術だ。

「私ったら、またやってしまったのね……」

ユスティーナのことがあったばかりだというのに、またも考えなしに古代語を口にしてしまい、不用意に古代魔術を発動させてしまったのだ。

(完全に、自業自得《じごうじとく》だわ。——でも、あれが魔法陣を発動させる詠唱《えいしょう》だなんて思いもしなかったもの)

壁に魔法陣が隠《かく》されているなんて、誰《だれ》だって思わないだろう。

そう言い訳を考えるが、起きてしまったことは仕方がない。今度からは古代語を見つけても、心の中に留《とど》めておくだけにしようとメラニーは固く心に誓《ちか》った。

それに前回とは違い、魔法陣が発動してしまったのはクインの魔力があったからだ。

メラニーは手探りでペンダントの魔石を握《にぎ》り、残りの魔力量を確認《かくにん》した。思った通り、ほとんど残っていないようだった。ごっそりと抜き取られた感覚があったので、もしやと思ったが、やはり、あの一回の発動で多くの魔力が無くなってしまったようだ。

(昔の人は現代人とは比べ物にならない魔力を持っていたというけれど、本当なんだわ。

でもそれに匹敵《ひってき》するくらいの魔力量を持つクイン様は何者なのかしら？）

「……もう一回発動できるかしら？　――『扉《とびら》よ、開け』！　……………だめだわ。何も反応しない」

もしかして、魔力が足りないために発動しないのだろうか。そうならば、ペンダントの魔力もあまり残ってないので、ここに閉じ込められてしまったことになる。

「――嘘《うそ》」

全身からサーと血の気が引くのを感じた。

「……私、ここに閉じ込められたってこと？　で、でも、マリアがいるから、きっと大丈夫《だいじょうぶ》……よね？」

だが、依然として壁の向こう側から返事らしきものはない。そもそも、ここは壁の中なのだろうか。どちらにせよ、すぐに助けに来てもらえない可能性はあった。古代魔術の発動なんて、誰でも簡単にできるものではないと、以前にオーリーたちが言っていたことをメラニーは思い出していた。

「もし、このまま誰も助けに来なくて、ここで死んじゃったらどうしよう？」

周囲が見えない恐怖《きょうふ》と寒さで、思考がどんどんとマイナスの方へ向かっていく。最悪のケースが頭の中を駆《か》け巡《めぐ》り、絶望がメラニーを襲《おそ》った。

（ここで死んでしまったら、もうクイン様に会えなくなってしまう……）

優《やさ》しいクインの顔が走馬灯《そうまとう》のように思い浮かび、瞳《ひとみ》に涙《なみだ》が浮かんだ。

（──そんなの絶対に嫌《いや》！）

あんなに大事にしてもらって、たくさんのものを貰《もら》ったのに、何も返せないまま死ぬのは嫌だった。

メラニーは涙で濡《ぬ》れた目元をゴシゴシと拭《ぬぐ》うと、顔を上げた。

「考えるのよ、メラニー。きっと何か方法があるはず……」

恐怖に震《ふる》える体を鼓舞《こぶ》して、ゆっくりと立ち上がってみる。視線を上げても、やはり暗闇であることは変わらない。壁にドアのようなものがないか叩《たた》いてみるが、手の届く範囲《はんい》のところには何もなかった。

もし、ここがあの城壁の中だとしたら、そう広い空間ではないはずだ。このまま壁沿いに歩けば、出口が見つかるだろうか。

「──やってみよう。えっと、メルル。手伝ってくれる？　まず、壁沿いに出口がないか探しましょう」

メラニーの指示に従い、メルルがメラニーの肩《かた》から飛び降りた。そして、暗闇の中ズルズルと、壁沿いに床《ゆか》を這《は》いずる音が聞こえ始める。

「何かある？」

「……」

メルルからの返事はなく、そのまま這いずる音だけが響《ひび》いた。そうしてメルルは壁沿いを一周回り、暗闇での探索《たんさく》はあっけなく終わった。

メルルの移動距離《きょり》から考えて、縦に細長い空間だと予測できた。

試《ため》しに恐《おそ》る恐る手探りで横方向に歩いてみると、すぐに反対側の壁に手をつくことができた。先程《さきほど》までいた狭《せま》い通路と同じ幅《はば》くらいだろうか。そうなると、一つの通路を壁で二分しているのかもしれない。

「てっきり、侵入《しんにゅう》防止のためにわざと通路を狭くしているのかと思ったけれど、隠し部屋だったんだわ……！」

どうやら、あの魔法陣は隠し部屋に入るためのものだったようだ。

「でも、隠し部屋なのに、何もなさそう。……あ！　そうだ。明かり！」

ほんの僅《わず》かだが魔力供給の魔石の中にはまだ魔力が残っていた。

メラニー自身の魔力では継続《けいぞく》して照らすだけの光源は作れないが、残ったクインの魔力があれば、小さな光を出すくらいなら大丈夫なはずだ。

「——光よ！」

クインの教えを思い出しながら、光魔法《まほう》を発動させてみた。

暗闇の中に光が出現し、一瞬《いっしゅん》、目が眩《くら》んだ。魔法で出した光の玉を直視しないように、ゆっくりと瞼《まぶた》を薄《うす》く開けてみる。

「……わっ」

思った通り、細長の何もない部屋だったが、上を見上げると、天井《てんじょう》の高い空間が広がっていた。

天井までの距離は、城壁《じょうへき》の高さとほぼ同じくらいに思える。

「天井は高いけれど、やっぱり何もないわ。なんの空間なのかしら？」

そう振り返ったところで、影《かげ》のようなものが視界に入り、息を呑《の》む。

「――っ⁉」

しかし、目を凝《こ》らしてよく見れば、壁に何かが描《えが》かれているだけだった。

ドキドキする胸を押さえ、そっと光の玉を近づけてみる。

「何かしら？　絵画……？」

不思議な模様が壁全体に描かれており、メラニーは首を傾《かし》げる。

「……絵というより、巨大《きょだい》な模様みたい。――あれ？　これ、古代文字？」

模様の中に、馴染《なじ》みのある古代文字が交ざっていることに気づき、メラニーは目を見開いた。

壁に描かれたものは、メラニーの身長よりも高い位置まで広がっており、光の玉をもっと上の方まであげてみる。どうやら、天井の方まで何かが描《えが》かれているようだった。

全体像を見るために、足元に気をつけながら、ゆっくりと後退《あとずさ》りしてみる。反対の壁まで下がったところで、ようやくそれが何かがわかった。

りと響《ひび》く。

メラニーの瞳に映ったのは、壁一面に描かれた巨大な魔法陣《まほうじん》だった。

天井近くまで広がった、見たことのない大きさの魔法陣の存在に、心臓がバクバクと鳴り響《ひび》く。

「――なんて大きさなの。これ、古代魔術の魔法陣よね？　でも、古代語のスペルがほとんど使われていない……。模様の組み合わせで構成されているってことは、かなり古いものね……。しかも、こんな大がかりな魔法陣なんて聞いたことがないわ」

古い書物を多く読んできたメラニーも、こんな魔法陣が存在するなんて知らなかった。

あまりに異様な存在に全身に鳥肌《とりはだ》が立つ。しかし、未知の巨大な魔法陣に畏怖《いふ》の念を抱《いだ》くと同時に、好奇心《こうきしん》が沸《わ》き起こり、目を離《はな》すことができなかった。

「中央の模様は何を示した魔法式だったかしら？　端《はし》の波形の模様も、どこかで見たことがあるわ……。あれは確か――」

メラニーはしばしの間、自身の状況《じょうきょう》も忘れ、その魔法陣を食い入るように眺《なが》め続けた。

「…………こっちの文字はユスティーナ様の指輪に書かれていた守護の文言に似ているわ。うーん……もっと上の方も見たいけど薄暗くて見えない……って、あ、あれ？」

夢中で魔法陣に見入っていると、光の玉がさっきよりも暗くなっていることに気づいた。

自分では自覚していなかったが、どうやら魔力を消耗《しょうもう》するほど長い時間、魔法陣に魅《み》せられていたようだった。

「え、う、嘘……。待って、消えないで！　えっと、魔力をもっと少なくして……」

慌《あわ》てて魔力量を調整するが、既《すで》にペンダントの残りの魔力はごく僅かになっていた。

このままでは直に唯一《ゆいいつ》の光も失ってしまうだろう。

「ど、どうしよう……。クイン様……」

途方《とほう》に暮れて、その場に座り込んだメラニーはクインの名前を呼ぶのだった。

一方、クインはマリアから知らせを受けて、早馬を駆り、急ぎ城壁に向かっていた。

殴《なぐ》り込みをかけるような勢いでやってきたクインに、城門を守る兵は怯《おび》えた様子で問題の場所へと案内する。

「メラニー！　メラニーはどこだ！」

「旦那《だんな》様！　こちらです！」

狭い通路の真ん中で、町娘《まちむすめ》の格好をしたマリアがクインの到着《とうちゃく》に声を上げた。

「メラニーは⁉」

「それが……この壁《かべ》の向こうにメラニー様が消えたのです」

「消えた？」

マリアが示す石壁を見るが、何の変哲《へんてつ》もないただの壁にしか見えなかった。すると、マリアが床に埋《う》まっている小さなプレートを指す。

「このプレートを見てください。メラニー様がここに書いてある古代語を読んだら、壁に魔法陣が出現して」

「古代語に、魔法陣だと⁉」

「今は消えておりますが、確かに魔法陣が浮《う》かび上がったのです。おそらく、古代魔術かと。それで、メラニー様が壁の向こう側に吸い込まれるように消えてしまったんです！」

俄《にわ》かには信じられない話だが、彼女の切羽《せっぱ》詰《つ》まった様子を見るに、嘘《うそ》ではないのだろう。

クインは壁を触《さわ》り、異常がないか確認《かくにん》しながら、マリアに訊《たず》ねた。

「メラニーが唱えた言葉を覚えているか？」

「はい。『扉《とびら》よ、開け』と。……でも、私が唱えても何も反応しないのです。どうしてでしょうか？」

「……メラニーは魔力供給のペンダントをしていたな」

「はい」

「古代魔術には膨大《ぼうだい》な魔力が必要だ。おそらく、呪文《じゅもん》を呟《つぶや》いたときに、魔力が流れたのだろう」

「ああ……。そういうことですか。まさかペンダントをしていたことが仇《あだ》になるなんて、迂闊《うかつ》でした。私がついていながら、申し訳ありません」

「いや、こんなところに魔法陣があるとは誰《だれ》も思わないだろう。君のせいではない」

（だが、まさか街に出かけて、すぐに事件が起こるとは――。彼女は何かそういう特殊《とくしゅ》な体質でも持っているのだろうか？　こんなことなら、私も何か手を打っておくべきだったのかもしれない）

クインは己《おのれ》の見通しが甘かったことを激しく後悔《こうかい》した。しかし、今はそのことを考えている暇《ひま》はない。一刻も早く、メラニーを助け出さなければいけなかった。

「メラニーに発動できたのなら、私の魔力でいけるはずだ」

「一応、スチュワート家にも連絡《れんらく》を回しておりますが、お気をつけください」

「わかった。もし、しばらくしても私が戻《もど》ってこなかったら、ケビンも呼べ」

そう言って、クインは精神を集中し、問題の呪文を唱えた。


（――これは、すさまじいな）

呪文を唱えた途端《とたん》、壁に向かって体の魔力が流れたのを感じ取った。

マリアの言う通り、壁に古代魔術の魔法陣が突如《とつじょ》として現れ、驚《おどろ》いているうちに、体中の魔力が一気に流れる感覚に眩暈《めまい》を覚え、気づいたら魔法陣の中をすり抜《ぬ》けていた。

魔力酔《よ》いを起こすなんて、一体いつぶりだろうか？

それ相応の魔力を使わないと起きない感覚に新鮮《しんせん》さすら覚えるが、古代魔術というのはそれほど強力な魔法のようである。

(なるほど。これだけの魔力が吸い取られれば、彼女が昏睡《こんすい》したのも無理はないか)

クインは魔術品評会の後、メラニーが昏睡状態となった時のことを思い出していた。

魔術に精通したクインはともかく、メラニーがこんな高度な魔術を扱《あつか》えたというのは驚きでしかない。それこそ天才としか言いようがない才能だった。

(もしかしたら、現代魔術に慣れていないからこそ、古代魔術の感覚が掴《つか》めるのかもしれないな)

恐《おそ》らく、本人は本能的に使いこなしているようだが、普通《ふつう》ではありえないことだ。

(おっと、こんなことを考えている場合ではないな)

古代魔術に触《ふ》れた感動から、ついつい思考に耽《ふけ》ってしまった。

気を取り直して、周囲を見回すと、そこには暗闇《くらやみ》が広がっていた。クインは闇の中を注意深く見つめ、少し離れたところに今にも消えそうな小さな明かりがあることに気づいた。

その薄《うす》い影《かげ》に小さく蹲《うずくま》る少女の姿が見える。

「メラニー！」

クインが叫《さけ》ぶと、少女は弾《はじ》かれたように顔を上げた。

「……クイン様？」

クインは魔法で明かりを出すと、急いで駆《か》け寄り、メラニーを抱《だ》きしめた。

「メラニー！　怪我《けが》はないか⁉」

胸に顔を埋《うず》める少女の顎《あご》を取り、その顔を覗《のぞ》くと、頬《ほお》は涙《なみだ》で濡《ぬ》れていた。

「ううっ、クインさま……。もう、会えないんじゃないかと……思って、いました……。出口もないし、このまま、本当に死んじゃうと思って……こ、こわかった……ううっ」

子どものように泣く彼女をきつく抱きしめると、服越《ご》しに感じる温かな体温に、やっと緊張《きんちょう》の糸が緩《ゆる》んだ。

「心配したんだぞ。……だが、本当に無事でよかった」

「ご、ごめんなさいぃ……」

助けが来たことで安心したのか、メラニーはわんわんと泣きじゃくる。

クインはそんなメラニーを宥《なだ》めるように優《やさ》しく背中を撫《な》でながら、周囲を軽く見回した。密閉された狭《せま》い空間には出口のようなものはなく、もしも自分が助けに来なかったらと思うと、ゾッとした。

この真っ暗闇の中、どこにも出られない恐怖《きょうふ》に長時間怯えていたことを考えると、メラニーがこれほど取り乱すのは無理もなかった。

「メラニー。もう大丈夫《だいじょうぶ》だ」

クインは優しい声をかけながら、胸ポケットからハンカチを取り出し、涙に濡れるメラニーの顔を拭《ぬぐ》った。

それから落ち着かせるようにメラニーの頭を撫で、その額に唇《くちびる》を落とす。

額に一つ。頬に一つ。そして、唇に一つ。

ゆっくりと口付けをすると、ようやく落ち着いたのか、彼女の呼吸が収まっていく。

「……大丈夫そうか？」

「……はい」

顔を真っ赤にさせたメラニーがコクコクと頷《うなず》くのを見て、クインは苦笑《くしょう》する。

どうやら、もう大丈夫そうだ。

「何があったか、説明できるか？」

メラニーは頷くと、ゆっくりと説明を始めた。

「……はい。……まず、通路で古代語が書いてあるプレートを見つけて、なんて書いてあるんだろうと解読したら、突然《とつぜん》、壁に魔法陣《まほうじん》が浮かび上がったんです。私、魔法陣があるなんて思ってなくて。それで壁の中に吸い込まれたと思ったら、マリアはいないし、暗くて何も見えないし。でも、メルルが警戒音《けいかいおん》を出してないから危険ではないと思って」

「ん？　メルルがいるのか」

クインが訊《き》くと、メラニーの足元からメルルがひょこと顔を出した。

どうやら有能な使い魔はちゃんとメラニーを守っていたらしい。

「それで、とりあえず残った魔力で明かりを灯《とも》したら、壁に魔法陣があって、でも見ている間に魔力がなくなってきて、光が消えそうになって……。出口もないし、……もう、クイン様に会えないまま、ここで死んじゃうかもって思ったら、私……う、うう……」

恐怖を思い出してか、メラニーがまた半泣き状態となる。

「もう大丈夫だから」

落ち着かせるために、もう一度メラニーを抱きしめながら、彼女の拙《つたな》い説明を反芻《はんすう》した。

この暗闇の中、メルルがいたとはいえ、一人で心細かっただろう。しかも魔力が少なくなって、明かりすら消えそうになっていたのだ。彼女がこうして震《ふる》えるのも当然だろう。

そこでふと、彼女の説明の中に、聞き捨てならない言葉があることに気づき、メラニーの体を引き剥《は》がした。

「メラニー。今、壁に魔法陣があったと言ったか？」

「……はい」

目を真っ赤にしたメラニーが顔を上げ、横の壁を指差した。

クインは手元の明かりを強くし、壁に何かの模様が描《えが》かれていることを確認《かくにん》する。

（――ひょっとして、魔法陣の一部か？）

光の魔法を唱え直し、光源の強い光の玉を作ると、天井《てんじょう》に向けて放《ほう》り投げる。

光の玉を空中で止めると、部屋全体が明るくなった。

「こ、これは――」

壁一面に描かれたものを見て、ゾッと肌《はだ》が粟立《あわだ》った。

「古代魔術の魔法陣か……」

「そう、みたいです」

洟《はな》を啜《すす》りながら、メラニーが頷く。

「古代魔術でも、初期の方の魔術だと思います。スペルだけじゃなくて、模様を組み合わせて魔法式を作っていますので、相当練度の高い魔法陣かと」

少しは気持ちが落ち着いたのか、メラニーは魔法陣を見上げ、考えを口にした。

彼女の言う通り、古代魔術に詳《くわ》しくないクインが見ても、今まで見てきた魔法陣とは違《ちが》い、非常に複雑な模様が緻密《ちみつ》に描かれていることがわかった。古代魔術にも長い歴史があり、複雑な模様の組み合わせによる術式は、古代魔術の初期の頃《ころ》、つまりこの国の建国の時期の魔法だ。

「……まさか、城壁にこんな魔法陣が隠《かく》されていたとは」

宮廷《きゅうてい》魔術師であるクインですら知らないことだった。果たして、王族であるケビンはこの魔法陣の存在を知っているのだろうか。

（入り口が古代魔術で隠されていたことから考えても、何か重要な魔法陣であることは想像がつく。……だが、まさか婚約者《こんやく》を捜《さが》しに来てみれば、こんな歴史的発見をしているとは思ってもみなかった）

チラリとメラニーの横顔を窺《うかが》うと、クインが来たことですっかり安心したのか、好奇心《こうきしん》を隠しきれない様子で目をキラキラと輝《かがや》かせていた。

「クイン様。見てください。あそこにあるのは、守護の魔法式だと思いませんか？」

魔法陣に夢中になっている彼女をじっと見つめていると、メラニーはクインの視線に気づき、首を傾《かし》げた。

「……？　どうかしましたか？」

「いや、君がいつも通りで安心したよ」

色々と思うところはあったが、一先《ひとま》ずは愛《いと》しい彼女が無事であることに安堵《あんど》し、クインは苦笑しながら、メラニーの頭を撫でるのであった。

城壁の魔法陣の発見から五日後には、問題となった隠し部屋に、多くの魔術師が集まっていた。そのほとんどは宮廷魔術師で、彼らの指揮を執《と》っているのは発見者の一人であるクインだった。本来の発見者はメラニーなのだが、彼女が注目されるのを防ぐため、表向きには、クインが婚約者と共に発見したことにしていた。

当初、隠し部屋は密室になっていたが、出入りするのに一々古代魔術を展開させるのはさすがのクインでも負担が大きく、早々に、魔法陣に支障がでない側の壁を取り壊《こわ》していた。壁を壊しても特に魔法陣に影響《えいきょう》はなく、隠し部屋となっていたのは魔法陣の風化防止と部外者からの干渉《かんしょう》防止のためだと推論していた。

現在、正門は一部を封鎖《ふうさ》し、門の近くには会議用の大きな天幕が張られ、城門は大変な騒《さわ》ぎとなっていた。

正門という目立つ場所にこれだけの魔術師が集まっているだけあって、古代魔術の魔法陣が眠《ねむ》っていたという噂《うわさ》は、もはや王都中に広まっていた。おかげで、見学に来ようとする貴族や市民たちを追い払《はら》うために、城の兵士までが駆り出されている有様だった。

更《さら》に、正門以外の残りの二つの城門にも同様の隠し部屋があることが判明し、そちらにも同じ魔法陣があるのか、今後調査に入る予定だ。

そんな未曾有《みぞう》の発見にクインは忙殺《ぼうさつ》され、ここ数日間はまともに眠っていなかった。目の下に濃い隈《くま》を作ったクインは天幕の中で今後の方針について、他《ほか》の魔術師たちと意見を交《か》わしていた。

「オーリーさんたちの調べでは、やはり魔法陣の効力は既《すで》に失われているそうです」

報告を入れるのはディーノだった。

「そうか。解析《かいせき》の方はどうだ？」

「それが……」

ディーノが苦い表情を浮《う》かべたと同時に天幕の入り口が開いて、そのオーリーが飛び込んできた。

「クインっ！　これはわしらでは無理じゃ！　すぐに嬢《じょう》ちゃんを呼んでこい！」

クインはため息を吐《つ》いて、天幕にいた他の宮廷魔術師たちに下がるように指示をすると、力尽《ちからつ》きたように椅子《いす》に腰掛《こしか》けた。

（それができたら、そうしている……）

そう言いたい気持ちを押し殺して、オーリーに告げる。

「メラニーは今、実家に帰っていますので」

「なんじゃと！　実家に帰っただと？　まさか、もう愛想《あいそ》を尽かされたのか？　それとも喧嘩《けんか》か？　どっちでも構わんが、さっさと謝って、連れ戻《もど》してこい！」

オーリーの甲高《かんだか》い声にディーノがうんざりと耳を塞《ふさ》ぐ。

ただでさえうるさいのに、彼女が学者協会に所属するかもしれないことを聞いたら、どうなるだろうか。だが、帰ってきて欲しいのはクインも同じ気持ちだった。

城壁の一件があった翌日、メラニーは突然書き置きを残して、実家に帰ってしまったのだ。書き置きには「少し調べたいことがある」と書かれていたが、あれだけの恐怖《きょうふ》を体験したのだ。ともすれば、そのまま実家に戻ってしまう可能性があった。自分といることに懲《こ》りて、別れたいと言い出すかもしれないと考えると、想像しただけで胃が痛い。

寝不足《ねぶそく》も相まってか、ここ数日は、いっそのこと宮廷魔術師《まじゅつし》の仕事を退職し、メラニーを攫《さら》って、田舎《いなか》に逃《に》げようかとも考え始めていた。

(——こんな馬鹿《ばか》げた考えをするなんて、相当追い込まれているな)

オーリーの喚《わめ》き声を聞き流しながら、目頭《めがしら》を揉《も》んでいると、そこへまた来客の知らせが入った。

「今度は誰《だれ》だ……」

「やぁ！　クイン君。お邪魔《じゃま》するよ」

「ダリウス教授？」

思いもよらない人物に、クインは驚《おどろ》いて席を立った。

「私もいるぞ。ちょうど表で会ったんだ」

ダリウスに続いてやってきたのはケビンだった。

「ケビンはともかく……なぜ、教授がこんなところに？」

部外者は立ち入り禁止となっているはずだ。

「コネを使って、ちょっとね」

ダリウスは笑うと、クインに近づき、耳打ちをする。

「実は、メラニーに頼《たの》まれごとをされたんだ」

「メラニーに？」

「ああ、例の魔法陣《まほうじん》の複写を頼まれてね。これから写させてもらうが、彼女が発見者だ。異論はないね？」

相変わらず、ダリウスは姪《めい》のメラニーに甘い。

「それは構いませんが……。彼女は何をするつもりですか？」

「さぁ？　そこまでは聞いていないが。でも、君も予想はつくだろう？　古代魔術に詳しい彼女が複写を頼んだんだ。自分で解析を行いたいんじゃないかな？」

それを聞いて、メラニーを救出した際、彼女が魔法陣をキラキラとした目で見ていたことを思い出した。

「ヒソヒソと何を話している？」

ケビンが怪訝《けげん》な声を向けると、ダリウスは微笑《ほほえ》みを浮かべて、クインから離《はな》れた。

「別にこちらの話だ。……ダリウス教授。メラニーは元気でしょうか？」

「ああ。顔は見てきたけど、元気そうだったよ」

それを聞いてホッとしていると、ケビンが首を傾げた。

「なんだ？　彼女は実家に帰っているのか？　それじゃあ、ここの解析はどうするんだ？

彼女も発見者なんだろ？　関係者として、協力してもらえばいいじゃないか」

「おおっ！　殿下《でんか》も言ってくだされ。これでは調査は全然進みませんぞ」

オーリーがまたうるさくなりそうだったので、クインはディーノに命令する。

「ディーノ。オーリーを連れて出ていけ」

「は、はい！」

「なんじゃと！　なぜ、わしだけ！」

「いいから、行きましょう。バーリーさんも待っていますし」

ディーノがオーリーの背中を押して天幕から出ていくと、クインはため息を吐いた。

「――ケビン、話がある」

「なんだ？」

クインは改めてケビンに、カレンの所属する学者協会の話をした。

「メラニー嬢のことを考えれば、悪くない話だと思うが、この魔法陣の解析はどうするつもりだ？　民間の機関に所属するとなると、協力することも難しいぞ。まさか、本気で協力させないつもりか？」

「いや。オーリーの言う通り、この魔法陣の解析には彼女の力が必要だと考えている」

「なら、共同研究として、参加させるつもりか？」

「……教授はどう思いますか？」

ケビンの質問には答えず、ダリウスに振《ふ》った。

「私かい？　私は、メラニーが自分から、この事業に関《かか》わりたいと言うのなら賛成するよ。ただ、一応言っておくが、彼女に無理強《むりじ》いをして、もし何かあったら、スチュワート家は黙《だま》っていない。それは前回のことでわかっているよね？」

ダリウスが牽制《けんせい》するようにケビンの方をじろりと見つめた。

メラニーがエミリア・ローレンスに嵌《は》められ、騒動《そうどう》を起こした容疑者として濡《ぬ》れ衣《ぎぬ》を着せられた時に、怒《おこ》ったスチュワート家が王室に相当な圧力をかけたのは、つい最近の話だ。

脅《おど》しとも取れる発言に、ケビンの頬《ほお》が引きつる。

（メラニーの気持ちか……）

ダリウスに魔法陣の複写を依頼《いらい》したということは、解析をする意思があるのだ。推測だが、彼女はこの魔法陣をテーマに、学者協会の試験に臨《のぞ》むつもりだろう。そして彼女なら易々《やすやす》と承認《しょうにん》を得られるであろうことは想像に難《かた》くない。

ケビンの言う通り、クインが手を回せば、学者協会の人間として、この事業に参加させることは可能だ。だがそれは、今この事業に携《たずさ》わっている宮廷《きゅうてい》魔術師たちから、大きな反発が出ることが予想できた。そうなれば、きっとメラニーには大変な思いをさせてしまうことになるだろう。

それに、やはり貴族たちや王女の動きも気に掛《か》かる。彼女を表舞台《おもてぶたい》に立たせるのは、危険すぎるのではないだろうか。

クインが考え込んでいると、頭の中を見透《みす》かしたのか、ダリウスが厳しい目を向けた。

「クイン君。君はまた難しく考え過ぎていないかい？　彼女は幼い子どもではないよ」

優《やさ》しいが冷静に諭《さと》すような口調に、考え込んでいたクインはハッとする。

「いいかい。大いなる力には、それ相応の覚悟《かくご》と責任が伴《ともな》うものだ。遅《おそ》かれ早かれ、彼女の才能はこの国の魔術を巻き込んでいくよ。その時、彼女を導いていくのは、師であり、伴侶《はんりょ》となる、君の役目じゃないかな。危険から守るとはいえ、閉じ込めていたら、きっと彼女は羽ばたけなくなってしまうよ。天才魔術師と謳《うた》われ、周りの期待を背負ってきた君なら、彼女のことをわかってやれると思って託《たく》したんだ。君も覚悟を決めたまえ」

ダリウスの言葉がクインの心に突《つ》き刺《さ》さる。

（――教授の言う通りだ。彼女が危険な目に遭《あ》ったことで、また同じような思考をしてしまっていた）

「ありがとうございます。ダリウス教授。また道を間違《まちが》うところでした」

クインが反省すると、ダリウスはうんうんと頷《うなず》き、口元を緩《ゆる》めて笑った。

「そうか。君もまだ若い。これからも一筋縄《ひとすじなわ》ではいかないことも起こるだろう。大いに悩《なや》めよ、青年」

ダリウスが去った後、天幕に残ったクインとケビンは揃《そろ》ってため息をついた。

「さすがはダリウス教授だな」

「……ああ。痛いところを突かれたよ」

メラニーを弟子《でし》に取った日から、彼女を導く役目は大変なことになるとは予想していた。いつだって彼女は自分の予想の斜《なな》め上をいく。その結果が魔術品評会での出来事だ。無理をさせ、彼女が倒《たお》れてしまってから、彼女を表舞台に立たせることが怖《こわ》くなった。だが、いつまでもこのままというわけにはいかないのだろう。

何より、メラニーを弟子に取ったのは、その才能を開花させるためだった。なのに、彼女を閉じ込めてしまっては本末転倒《ほんまつてんとう》だ。

彼女を守りたい婚約《こんやく》者としての気持ちと、その才能が花開く様子を応援《おうえん》したいという師《し》匠《しょう》としての気持ちが、クインの心の中でせめぎ合っていた。

（私はどうするべきなのだろうか……）

そんなクインの苦悩《くのう》を察したケビンが、肩《かた》をポンと叩《たた》き、「お前も大変だな」と同情した表情を見せた。

「そうだ。大変と言えば、お前にセルデン大臣が魔物退治を頼んでいなかったか？」

考え込むクインを気遣《きづか》ったのか、ケビンが話題を変える。

「ああ、あれか。俺でなくともいい仕事だったので断った。どう考えてもこちらの方が優先すべき仕事だからな」

ケビンの言うセルデン大臣の頼みというのは、ある貴族の所有する土地に魔物が出没《しゅつぼつ》しているので、クインに退治して欲しいというものだった。仔細《しさい》を確認したところ、その土地の人間で十分対処できる範囲《はんい》の内容だったので、代わりの者を派遣《はけん》していた。

過去にもこの大臣は何かと理由をつけて、宮廷魔術師を使おうとするケースが多々あり、クイン自身も何度か名指しされ、その度《たび》に断っているものの、あまりにしつこく、行かねばならないことも度々あった。この忙《いそが》しい時に、わざわざ師団長であるクインを指名するとは、余程高慢《よほどこうまん》な男と言えよう。

しかし、今回はさすがに大臣の我儘《わがまま》に付き合っている暇《ひま》はなかった。

「セルデンは国一番の魔術師を指名したと吹聴《ふいちょう》していたから、今頃《いまごろ》、顔を潰《つぶ》されたと知って、怒っているだろうな」

「そう思うなら、大臣に注意してくれ」

国の役人である宮廷魔術師《まじゅつし》を私用で使うことはそもそも犯罪だ。しかし、セルデンは大臣という地位を利用して、好き勝手にやっているらしい。

「立ち回るのだけは上手《うま》い男だからな。そのうち、尻尾《しっぽ》を掴《つか》んで切り捨てるさ」

どうやらケビンにとって、セルデンはその程度の男のようだ。

「それで？　そんな話をするために来たわけじゃないんだろう？」

クインが訊《き》くと、ケビンは気まずそうな表情を浮《う》かべて、「うーん。まぁ、そうなんだ」と、なんだか煮《に》え切らない言葉を返した。

「嫌《いや》な予感がするが、なんだ？」

「実は謝らなければいけないことがあって……。お前の結婚式のことなんだが……」


クインが胃を痛めている頃、メラニーもまた、両親を前に胃を痛めていた。

「マリアから聞きました。あなたはまた面白《おもしろ》いことに首を突っ込んでいるらしいわね」

「……ご心配をおかけしてすみません」

実家にて両親に睨《にら》まれ、メラニーは小さく身を縮める。

特に、氷のような冷ややかな目を向ける母親が怖くて、顔も上げられなかった。

「品評会の事前パーティーで魔物に襲《おそ》われ、ローレンス家の娘に嵌められて、牢《ろう》に幽閉《ゆうへい》。その次は品評会で大立ち回りをして三日三晩昏睡《こんすい》状態。やっと大人しくなったと思ったら、王女様に目をつけられて、今度は城壁《じょうへき》の隠《かく》し部屋に閉じ込められたと……。あなたがブランシェットについて行ってからというもの、波瀾万丈《はらんばんじょう》な人生を送っているようね」

つらつらと、ここ一年未満に起こったことを並べられて、ますます体を小さくした。

「まぁまぁ。メラニーも好きで巻き込まれたわけじゃないんだから」

庇《かば》ってくれたのは父親だった。

スチュワート家は女系一家で、父は婿養子《むこようし》なので、母の方が立場が強い。母親が叱《しか》り、父親が宥《なだ》めるというのはスチュワート家ではよく見られる光景だった。しかし、母が述べた半分以上は自分の迂闊《うかつ》な行動が原因だったので、庇ってくれる父に申し訳なく思った。

「別に、私《わたくし》も叱りたくて叱っているんじゃありません。もう少し考えて行動してほしいと思っているだけです。まったく、あなたは兄妹《きょうだい》と違って、大人しい子だと思っていたのに、まさかここまでの騒《さわ》ぎを起こすなんてね」

「……す、すみません」

「それで？　わざわざ帰ってきた理由を聞こうかしら？」

小言を言い終わって満足したのか、母親はようやく本題へと話を戻《もど》した。

メラニーが実家に帰ってきたのには、二つの理由があった。

一つは、城壁の魔法陣《まほうじん》について調べ物をすること。もう一つは、学者協会に関して両親の許可を得ることだった。

もともとお試《ため》しで試験を受ける話だったが、あの城壁の魔法陣を発見した時から、学者協会に入りたいという気持ちは強くなっていた。そのために、両親から理解を得なければいけないと思ったのだ。

「――と、いう経緯《けいい》なんですけど。……もし、私が学者協会に入りたいと言ったら、反対されますか？」

すると、話を聞き終わった母親が、メラニーの目を見据《みす》えて訊《たず》ねた。

「つまり、それはこれ以上、ブランシェットに迷惑《めいわく》をかけたくないからという意味かしら？　あなたがそうしたいわけではないの？」

「違います。確かに最初はクイン様に迷惑をかけたくないという気持ちからでした。でも、今は私自身、やりたいことを見つけたんです」

「やりたいこと？」

「はい。城壁で見つけた魔法陣の研究です。まだ推測段階ですが、あの魔法陣は、今のこの国に絶対必要なんです。その研究をするには、多分、私一人の力だけじゃだめで、色々な人の協力が必要になると思うんです」

「そのために、条件が良い学者協会を選んだというわけね」

「はい」

するとと、両親が困ったように顔を見合わせた。

「言いづらいことだが、城壁の魔法陣の研究は難しいかもしれないな」

「ええ。ブランシェットも大変なことになっているようですし」

「え？　クイン様が？」

ドキリと心配すると、両親が揃って、ため息を吐《つ》いた。

「メラニー。大事な話がありますので、よく聞きなさい」

ただならぬ空気に嫌な予感がした。メラニーが背筋を伸《の》ばしたのを見て、父親が言いにくそうに口を開いた。

「実は……今朝、ブランシェット君から手紙が届いてね。……結婚式を延期してほしいそうだ」

「――っ!?」

予期せぬ内容に、目の前が真っ暗になった。

「な、な、なんでですか!?　わ、私が迷惑ばかりかけるから？　クイン様、私のこと嫌《きら》いになって？」

好き勝手してしまったせいで、いよいよ見捨てられたのだろうか。今まで迷惑をかけてきた数々のことを思い出し、目に涙《なみだ》がブワッと浮《う》かんだ。

「メラニー。落ち着きなさい。そうじゃない。仕事の関係だ」

「お、お仕事？」

涙を浮かべ、キョトンとするメラニーに対し、母親が呆《あき》れたようにハンカチを差し出した。

「城壁の魔法陣は、あなたが思っているように、相当価値のあるものだろうと判断されて、陛下が解析《かいせき》に力を入れるよう、宮廷《きゅうてい》魔術師に命を下したそうよ。それで、ブランシェットも結婚式《けっこんしき》どころではなくなったみたいね」

「話を聞く限りじゃ、年単位での仕事になるそうだよ。落ち着くまで式は無理だろう」

「…………つまり、私のせいで結婚が延期に？」

「そうね」

身も蓋《ふた》もなく頷《うなず》かれ、ショックで涙も引っ込んだ。

（……わ、私、なんてことを……）

そこへ更《さら》に母が追い討《う》ちをかけた。

「あなたが学者協会でその研究をしたいと思ったら、宮廷魔術師と協力する必要があるけれど……一朝一夕《いっちょういっせき》にはいかないでしょうね」

それを聞いて、その通りだと思った。

（私のせいで結婚式が延びてしまうなんて……ううん。それだけじゃないわ。話を聞く限りかなり大変なことになってしまっている……。宮廷魔術師が主体となって、解析をしているってことは、一般《いっぱん》人の私なんて、もう関《かか》われないかもしれない。お母様の言うように、学者協会に入ったところで、それは同じかも……。やっと、やりたいことが見つかったのに、そんなのってないわ……）

メラニーが打ちひしがれていると、父親が慰《なぐさ》めるように口を開いた。

「いいかい、メラニー。侯爵《こうしやく》家の令嬢《れいじよう》が民間の機関に所属するということは、大変なことだ。加えて、ブランシェット君の弟子《でし》になったんだろう？　それにもかかわらず学者になれば、また色々と噂《うわさ》されるかもしれない。それ相応の風評被害《ひがい》が出る可能性もある。君はそれに耐《た》えられるかい？」

「そうね。そもそも、結婚自体を考え直してみるのも良いかもしれないわ。一時の感情に流されるのではなく、よく考えなさい」

「お、お母様⁉」

「だって、考えてみなさい。ブランシェットと婚約してからこんな危ない目にばかり遭《あ》っているのですよ」

「そ、それは私が！　クイン様のせいじゃありません。わ、私、別れたくありません！」

思わず立ち上がって抗議《こうぎ》すると、父親が「まぁまぁ、座りなさい」と優《やさ》しく諭《さと》す。

しかし、そんな父とは対照的に母は冷静にメラニーに告げる。

「私はあなたのことが心配なんです。……正直に言って、この一年、家では見たことがないくらい生き生きしているあなたの姿を見られたことは、ブランシェットに感謝しているわ。けれど、それ以上に危険な目に遭いすぎです」

「それは……」

「メラニー。もっと自分のことを大切にして行動しなさい」

毅然《きぜん》と言われ、メラニーは小さく身を縮めた。母の言うことはもっともで、娘《むすめ》を心配する気持ちが痛いほどに伝わってきた。心配そうに見つめる父もまた心境は同じなのだろう。

黙《だま》り込んだメラニーに対し、母親が優しく声をかけた。

「もし、あなたが望むのなら、いつでも帰ってきていいのよ」

「お母様……」

「お父様の言う通り、もう一度、よく考えてご覧なさい」


両親との話を終えたメラニーは、ショックでフラフラとしながらも、屋敷《やしき》の書庫室へと向かっていた。厚いカーテンに覆《おお》われた薄暗《うすぐら》い書庫室に入ると、慣れ親しんだカビ臭《くさ》い古書の匂《にお》いがして、ホッと心が和《やわ》らいだ。

（――やっぱりここは落ち着くわね）

ついこの間まで、ここで毎日を過ごしていたというのに、もう懐《なつ》かしい気分になっていた。

それだけ、この一年は慌《あわ》ただしい日々で、人生が彩《いろど》り豊かに変わったということだろう。

楽しいことも、怖《こわ》いこともとても多かったが、思い返してみれば、こんなにも濃厚《のうこう》な一年を過ごせるなんて、以前の自分では考えられないことだった。

ジュリアンに婚約破棄《はき》されたあの日から、メラニーの人生は大きく動いたのだ。

（なのに――クイン様と別れ、実家に戻る……）

彼のことを思えば、そうした方が良いのだろうか。自分のせいで、本当に多くの迷惑をかけてしまった。今だって、城壁《じょうへき》の魔法陣を見つけたことで、式を延期しなければならないほど、大変な事態になってしまっている。

城壁の隠《かく》し部屋に閉じ込められた時も、あれだけ心配して飛んできてくれたのだ。それだけではない。ユスティーナに呼び出された時も、魔術品評会《まじゅつ》で倒《たお》れた時も、いつだって心配して、助けてくれた。その度《たび》に心労をかけてしまい、申し訳なく思っている。

もし、自分と出会わなければ、こんな大変な思いをさせることはなかったのだ。それに、今後のメラニーの動き次第《しだい》では、ますます迷惑《めいわく》をかけることになるだろう。

両親が懸念《けねん》していることはもっともで、自分が選ぼうとしている道が本当に正しいのか自信がなくなり、メラニーは落ち込んだ。

（クイン様のためと思ってやろうとしたことが、クイン様の迷惑になるかもしれないなら、なんの意味もないのかしら……）

しょんぼりと項垂《うなだ》れ、窓辺のソファに腰掛《こしか》けた。

ぼんやりと書庫室の中を眺《なが》めていると、ジュリアンと婚約していた時の記憶《きおく》が蘇《よみがえ》ってくる。周りから、落ちこぼれだと評価され、誰《だれ》からも期待されず、ただ息を殺して過ごすだけの暗い日々。心を慰めてくれたのは、ここにある古い本だけだった。

その辛《つら》い日々を思い出し、顔が曇《くも》る。

（あの頃《ころ》の――役立たずの自分に戻《もど》りたくない）

誰からも望まれず、自分の殻《から》に閉じ籠《こも》って、つまらない日々を過ごすのはもう嫌《いや》だった。

城壁に閉じ込められた時、誰も助けに来てくれず死んでしまうのではと、恐怖《きょうふ》を感じた。

あの時、強く思ったのは、クインにまだ何も返せていないという激しい後悔《こうかい》だった。

（クイン様は、私の特技に価値を見出《みいだ》して、弟子として迎《むか》え入れてくれた。そして、真剣《しんけん》に結婚も考えてくださっている）

そんな彼の側《そば》に居続けるために、もっと彼に相応《ふさわ》しい自分になりたい。夢のような生活をくれたクインに恩返しがしたい。弟子として役に立ちたい。何かを返したいと、いつも思うようになっていた。

――そして、ようやくそのための道が見つかったのだ。

瞼《まぶた》を閉じ、城壁で見つけた巨大《きょだい》な魔《ま》法陣《ほうじん》を思い浮かべてみる。

（私の予想が確かなら、あの魔法陣はこの国の防衛に活《い》かせるはず。そして、それはきっと、魔物退治をするクイン様の役に立つことになる。――クイン様のために、城壁の魔法陣の研究をやってみたい）

仮に学者協会に入ったとしても、何もできないのかもしれない。でも――簡単には諦《あきら》めたくなかった。

それに、父の話では、城壁の魔法陣の解析は何年かかるかわからない仕事になるらしい。だが、手伝うことができれば、式も少しは早められるかもしれない。

メラニーは頬《ほお》を両手で叩《たた》き、気合いを入れた。

「めげてないで、やれるだけやってみよう」

早速《さっそく》、手始めに、城壁の魔法陣を調べるための資料を探すことにする。

以前城壁についての本を読んだ記憶を頼《たよ》りに、本棚《ほんだな》から目的の古書を探し出した。

「――あった。この本ね」

古い歴史書に目を通しながら、歴史の勉強で習った国の成り立ちについて思い出す。

このフォステール王国を作った初代フォステール王は、元々中央大陸を治める大帝国《だいていこく》の王の末裔《まつえい》の一人だった。当時、帝国では跡目《あとめ》争いによる内紛《ないふん》が苛烈《かれつ》を極《きわ》め、周囲の多くの国を巻き込んだ戦争となっていた。王位継承《けいしょう》権の末尾《まつび》にいた初代フォステール王は、度重なる戦《いくさ》に嫌気《いやけ》がさし、仲間の魔術師たちと共に、命からがら、魔物が跋扈《ばっこ》するこの未開の地に逃《に》げ込んだのであった。

それが建国の歴史の始まりである。

初代フォステール王と彼を支えた偉大《いだい》な魔術師たちの冒険譚《ぼうけんたん》は、多くの童話となって、今も国民に愛されていた。その偉大な魔術師の一人は、スチュワート家の祖先でもあったので、メラニーの家には数多くの歴史書が眠《ねむ》っていた。今、メラニーが読んでいる古書もその一つだ。

彼らはこの未開の地で帝国から逃げてきた移民を受け入れ、町を作り、城を造り、城壁を造ったのだった。

「——あっ！　これって、もしかして、あの魔法陣のことを示しているのかしら？」

本には魔物や襲《おそ》いかかる敵兵から国を守るために、高い城壁を造ったことが記されていた。その中の一文に、気になる記述を見つける。

「攻撃《こうげき》、から、守るための……保護魔法を作った？　なら、やっぱり、あれは守護の魔法陣なんだわ」

何百年も隠されてきた歴史の一端《いったん》が判明したことに、ゾクゾクと身震《みぶる》いがした。

自分の予想が当たっていたことに喜んだものの、残念ながら、その歴史書にはそれ以上の記載《きさい》はなかった。だが、守護の魔法陣であるならば、近年、城壁付近まで魔物が溢《あふ》れていることと何か関連があるはずだ。

「——もっと詳《くわ》しく調べなくっちゃ」

数日かけて集めた膨大《ぼうだい》な資料が、書庫室のテーブルの上に積まれていた。

ダリウスから届けられた魔法陣の複写を本の上に広げ、改めて眺めてみる。

解析《かいせき》できた魔法式は魔法陣の半分程度だったが、おおよその機能は間違《まちが》いないだろう。

「この魔法陣のおかげで、魔物から王都が守られていたんだわ」

守護の魔法陣が効果を発揮する範囲《はんい》は不明だが、城壁の老兵に聞いた話から推測するに、少なくとも近隣《きんりん》の森を丸ごと守るくらいの効果はあったはずだ。更《さら》に、魔法陣には魔力を長期間定着させる術式が組み込まれていたこともわかっていた。

(だから、最近まで城壁の周囲には魔物が出なかったのね)

長い年月をかけ、その継続《けいぞく》魔法の効果が徐々《じょじょ》に薄《うす》まっていったのだ。王都の周りに魔物が増えていることから、ここ数年で魔法陣の効力が完全に無くなったと考えていいだろう。

(巨大な魔法陣ってこともあるけれど、建国当時から、何百年と効果を持続させていたって、どれだけ強力な魔術なの？　これが古代魔術の力……)

本来なら定期的に魔法陣に魔力を供給するはずだったのだろう。しかし、その魔法陣があることすら長い歴史の中で忘れ去られてしまったのかもしれなかった。

「何百年と続く長い年月、ずっと守ってくれていたのね」

建国の歴史では、この地は魔物が多い土地だと言われていた。元々、人が住めるような場所ではなかったのだろう。それをこの魔法陣が守ってくれていたのだ。そう考えると、感慨深《かんがいぶか》い気持ちになる。

「今まで、ありがとう」

魔法陣の複写に触《ふ》れ、当時城壁《じょうへき》を造ってくれた人々に、メラニーは感謝をした。それと同時に、この魔法陣を再生できれば、この国にとって大きな助けとなることを理解する。

「魔物や敵国からの侵入者《しんにゅう》を排除《はいじょ》するための魔法陣だっていうことはわかったけど……。細かい部分までは時間がかかりそう……。それに……」

調べていくうちに、想像していたよりも、かなり大がかりな魔法陣であることに気づき、一朝一夕《いっちょういっせき》に解析が終わらないとわかった。そして、肝心《かんじん》なのは解析後だ。

「……問題は、これをどうにかもう一度使う方法を考えることよね。……でも、こんな巨大な魔法陣に魔力を供給するなんて、クイン様でも無理よね……。それにここまで複雑な魔法陣だと現代の知識では発動すら難しいわ」

うんうんと唸《うな》りながら、何かいい方法はないかと考える。

「魔術品評会の時のように現代版に作り直すのが良さそうだけど……。これだけのものになると、どう考えても、私一人の力じゃ無理よね」

研究テーマとして提出する分には問題ないだろうが、その後のことを考えると、やはり宮廷《きゅうてい》魔術師の協力がいるように思えた。

気づけば、思考が堂々巡《どうどうめぐ》りに陥《おちい》っていることに気づき、ブンブンと頭を振《ふ》る。

「悲観的になっちゃだめ。今は目の前のことに集中しよう。魔法陣の解読をもう少し進めて、カレンさんに相談してみればいいわ。そうだ。ついでに学者協会にある資料も見せてもらって……。そう言えば、王立図書館の本も見せてもらえるって言っていたわよね？」

とにかく、やるだけやってみようと自分を励《はげ》ましてみる。

「そうと決まれば、もう少し調べましょう。えっと、ここの模様についての本は……」

書庫室の中を探し、目的の本を見つけた。だが、上段に本があり、メラニーは背伸《せの》びをして頑張《がんば》って取ろうとする。

（あと、ちょっと……）

本の背表紙に指先がギリギリ触れるかというところで、不意に後ろから長い腕《うで》が伸《の》びてきて、その本を取った。

「――この本か？」

聞き慣れた声と共に、本を手渡され、メラニーは目を丸くして驚《おどろ》く。

「え？　クイン様!?」

「おっと」

驚きのあまり、後ろに倒《たお》れそうになるメラニーの腰《こし》をクインが慌《あわ》てて支える。

（ど、どうして、ここに……？　これは現実？　私、また夢を見ているんじゃあ……）

夢だと勘違《かんちが》いして、恥《は》ずかしい経験をしたことを思い出し、自分の頰をつねってみる。

「痛い」

急に頰をつねりだしたメラニーをクインは不思議そうに見つめていた。

「……何をしているんだ？」

「えっと、夢かと思って……。あの、どうしてクイン様がここに？」

メラニーが訊《たず》ねると、渋《しぶ》い顔をしたクインがメラニーの両肩《りょうかた》に手を置いた。

「――突然《とつぜん》、書き置きだけ残して、実家に帰ったら、誰《だれ》だって心配するだろう」

「あっ」

その考えは、思いつきもしなかった。

（とにかく魔法陣《まほうじん》のことを調べなくちゃって思って、そんなこと考えていなかったわ。でも、そうよね。書き置きだけ残して帰ったら、誰だって困惑《こんわく》するわよね）

余計な心配をかけてしまったことに、ようやく気づき、慌てて謝った。

「す、すみません！　私、そんなつもりじゃ……」

「それに、君が帰ってすぐに式の延期が決まったからな。だが、その後も手紙の一つもないから、まさかこのまま別れるつもりなのかと思った」

「そ、そんなことするはずないじゃないですか！」

めずらしく弱気な声を出すクインに、メラニーは大慌てで否定する。どうやら、相当参っているようだった。

「……本当か？」

「本当です！　別れるなんて考えていません！　式のことは残念ですけど。……でも、元はと言えば、私のせいですし……。私の方こそ問題ばかり起こして、クイン様に見捨てられないかと不安でした」

「見捨てるわけがないだろう」

「本当ですか？」

今度はメラニーが疑う番だった。すると、クインはムッとした表情を見せた。

「当たり前だ。君が地の果てに逃《に》げても、追いかけていって、捕《つか》まえてみせる」

「クイン様……言っていることが物騒《ぶっそう》です」

弱っていた様子とは裏腹に、言っていることは怖《こわ》かった。

しかし、クインに別れる気がないことを知り、ホッと胸を撫《な》で下ろした。

「良かった」

「まったくだ」

お互《たが》いの誤解が解け、ふっと笑い合う。

「メラニー」

甘い囁《ささや》きと共に、ぎゅっと抱きしめられ、クインの胸に顔を埋《うず》めた。

そこまで長い間、離れていたわけではなかったのに、なんだかすごく久しぶりに感じた。

クインの顔を見ようと、顔を上げたメラニーはそこで、ふと違和感《いわかん》に気づく。

「あの……クイン様、少し痩《や》せました？　顔色もかなり悪いみたいだし……。もしかして、眠《ねむ》っていないんじゃないですか？　……私が魔法陣を発見したばかりに、クイン様のお仕事を増やしたせいですよね？」

「それは……まぁ、気にするな」

否定をしないあたり、相当大変なことになっているようだ。

申し訳なく思うと同時に、そんな多忙《たぼう》の中、来てくれたことに胸が締《し》め付けられた。

「私のためにありがとうございます。そうだわ、お父様たちにもお伝えしなくちゃ」

「先に挨拶《あいさつ》を済ませてきたから大丈夫《だいじょうぶ》だ。そしたら、君がここにいると案内されたんだ」

クインは興味深そうに部屋の中を見回し、テーブルの上に広げた魔法陣に目を留めた。

「……教授に頼《たの》んだ城壁の魔法陣の複写か？　それと……その横にあるのは……」

クインが複写された魔法陣とは別の羊皮紙を手に取った。

「これは、君が考えたものか？」

「……はい」

メラニーが頷《うなず》くと、クインは真剣《しんけん》な表情でその羊皮紙に描《えが》かれたものを見つめた。その目はかなり鋭《するど》く、何か考え込んでいるようだった。

「クイン様……？」

「メラニー。少し、時間をもらってもいいか？　大事な話がある」

二人は改めて、窓辺のソファに並んで腰掛《こしか》けた。

（大事な話って、多分、私のやっていることよね……。もしかして、お父様たちから話を聞いているのかしら？　いずれにせよ、私の口からちゃんと話さなきゃ……）

メラニーはクインが話し出す前に、自分から話を切り出した。

「──あの、クイン様。私……」

城壁の魔法陣について研究をしたいこと、そのために学者協会に入りたいこと、両親には反対されていること、それについてどう思っているかを正直に告白した。メラニーが話をしている間、クインは口を挟《はさ》むことなく、最後まで聞いてくれた。

「そうか。君がやりたいことはわかった。正直に言うと、ダリウス教授に魔法陣の複写を頼んだと聞いた時から大体のことは予想していた」

「クイン様はやはり反対ですか？」

メラニーが訊ねると、クインはゆるく首を振った。

「……その前に、君の考えをきちんと聞いておこう。まず、この研究をテーマにするということだが、一人ではできないだろう。どうするつもりだ？」

「はい。それは私も悩《なや》んでいて……。とりあえず、カレンさんたちに協力者を募《つの》れないかお願いしようと思っています。本当は、クイン様たちとの共同研究をお願いできたら、一番理想的ですが……難しいですよね？」

「そうだな。いくら君が私の弟子《でし》でも、学者協会に所属するつもりなら、それを良しとしない者も出るだろう」

やはり、両親の言う通り、簡単にはいかないようだった。だが、諦《あきら》めたくなかった。

「……どうすれば、皆《みな》さんに協力をしていただくことができるでしょうか？」

「メラニー？」

「クイン様。やっぱり私、この研究をやってみたいです。でも、そのためにはクイン様みたいなもっと知識のある方々の協力が必要です。共同研究が無理でも、せめてオーリーさんたちに協力をお願いすることはできないでしょうか？　ううん、助言だけでもいいんです。皆さんのお仕事の邪魔《じゃま》になるようなことはしませんから、お願いします！」

「……オーリーたちはともかく、他《ほか》の宮廷《きゅうてい》魔術師の協力を得たいなら、君の実力を示す必要が出てくるだろうな。今後は誤魔化《ごまか》すこともできなくなるだろう。そうなれば、今以上に貴族たちの注目を集めることになる。それでも、表舞台《おもてぶたい》に立ちたいか？」

それを聞いて、ユスティーナのサロンに誘《さそ》われた時のことを思い出した。またあのような勧誘《かんゆう》があるかもしれないと思うと、気が重くなる。それに、クインにもますます迷惑《めいわく》をかけるかもしれない。そう考えると、でしゃばらない方がいいのだろうが……。

「……それでも、私はやりたいです」

メラニーは覚悟《かくご》を持って、クインをしっかりと見つめた。

「クイン様には迷惑をおかけしてしまうかもしれません。……でも今だって、ユスティーナ様や他の貴族に目を付けられている状態です。学者協会に所属することで、どう変わるかわかりませんが、私自身ももっと周りに注意します。……って、私が言っても、あまり説得力はないかもしれないけど……。と、とにかくしっかりします！　それに、この研究は、私の命を懸《か》ける以上の価値があることがわかったんです。この研究ができるのであれば、私は……外に出ることを選びます」

「そうか……。私としては、気軽に命を懸けるなどと言わないで欲しいが……それだけ、君が覚悟を持っていることは理解した」

クインは考えるように目を瞑《つむ》った後、フゥと息を吐《は》いてから、メラニーを見据《みす》えた。

「だとすれば、色々と考えなければいけないな」

「よろしいの、ですか？」

クインの意外な返答にメラニーは大きく目を見開く。

「元々、魔法陣《まほうじん》の解析《かいせき》に君の力が必要になると思っていた。ケビンやオーリーからも協力を求むよう急《せ》かされていたからな。だが、私は君がこれ以上、危険な目に遭《あ》うことを恐《おそ》れ、どうするべきか悩んでいた」

そう言って、クインは大事なものに触《ふ》れるようにメラニーの頰《ほお》に手を伸《の》ばした。

「けれど、私は君の師だからな。弟子が覚悟を決めたのなら、その行先を指導するのは私の役目だろう」

困ったように優《やさ》しく微笑《ほほえ》まれ、胸の奥が苦しくなった。

「――クイン様」

城壁《じょうへき》の隠《かく》し部屋に閉じ込められた時も、すごく心配をかけた。ユスティーナに会った時だって、そうだ。ずっと、心配ばかりかけていた。なのに、それでもメラニーが前に進もうとしたら、応援《おうえん》してくれる。

初めて会った時からずっとそうだ。いつだって彼は味方でいてくれる。

（クイン様に出会えてよかった。こんなにも愛してくれる人に出会えるなんて、私は幸せだわ……。クイン様と一緒《いっしょ》だったら、なんでもできそうな気がする）

感激に胸を押さえていると、クインは更《さら》に言う。

「それに、君の両親のことも説得しないとな。これは師というより、婚約《こんやく》者としてだが、君と別れるつもりは私とて毛頭ないからな」

嬉《うれ》しい言葉に目頭《めがしら》が熱くなり、メラニーの目から涙《なみだ》が溢《あふ》れた。その涙をクインが指で拭《ぬぐ》った。

「これから、一緒に考えていこう」

「――はい」

「メラニー君。もしかして、すごく緊張《きんちょう》している？」

黒のローブ姿のカレンが、メラニーの緊張をほぐすように話しかけた。

二人は宮廷魔術師の研究施設《しせつ》にある大講義室のドアの前にいた。メラニーの足元にはメルルの姿もあり、心配そうに主人の様子を窺《うかが》っている。

「……はい。人前に立つのが、苦手で……」

緊張のあまり顔が強張《こわば》ったメラニーに、カレンが笑う。

「あはは。そんなに気を揉《も》むことないって。リラックス、リラックス。発表内容は申し分ないから、もっと自信を持って。それじゃあ、行くよ」

そう言って、カレンはドアを開けた。

ドアを潜《くぐ》ると、すり鉢《ばち》状の大講義室にたくさんの人が集まっていた。

メラニーたちの登場に、一斉《いっせい》に視線が向けられる。

壇上《だんじょう》に上がり、正面から見上げると、半数以上は席が埋《う》まっているだろうか。手前は黒のローブを着た学者たちがずらりと並び、その後ろには白のローブ姿の宮廷魔術師たちがまばらに席についていた。

多くの視線にビクついていると、カレンが苦笑《くしょう》して、後ろの席を指差した。

「あそこにクイン君もいるよ」

言われて、後ろの席に目を向ければ、ケビンやディーノ、オーリーにバーリーといった馴染《なじ》みの姿と共に、クインがこちらを見つめていた。

クインと一緒に今後の話を相談した時に、クインから提案された言葉を思い出す。

『――宮廷魔術師の協力の件だが、一つ考えがある。君に負担をかけてしまうと思うが、それでもやるか？』

話を聞いて、やると決めたのは、自分だ。

結婚や学者協会のことについて、両親を説得してくれたクインの想《おも》いに応《こた》えるためにも頑張《がんば》らないといけない。

メラニーはクインに頷くと、ローブのフードを取り、しっかりと顔を上げた。

（――私の研究に、ここにいる人たちが協力してくれるか、ここが正念場だわ）

第五章 メラニーの覚悟

緊張した様子のメラニーが壇上に立っている姿を、クインはじっと見守っていた。

「おい、クイン！　嬢《じょう》ちゃんが学者協会の連中と一緒にいるのはどういうことじゃ！」

「聞いておらんぞ！　まさか、あの才能を民間組織に渡《わた》すつもりじゃないだろうな⁉」

カレンに連れられたメラニーを見て、オーリーとバーリーが喚《わめ》く。

「もう！　二人ともそんな大声で喚かないでください！　他の人の迷惑ですよ」

クインとの間に座っていたディーノが耳を塞《ふさ》ぎながら文句を言うが、幸いなことに他の宮廷魔術師たちもざわざわと話をしているため、こちらに目を向ける者は少なかった。

ここに集まっているのは、クインの指揮下で城壁の魔法陣について調べている二十人ほどのメンバーだった。彼らには、学者協会から魔法陣について重大な発表があるとだけ伝えられており、誰《だれ》もが、突然《とつぜん》の招集を不審《ふしん》がっていた。

民間組織を下に見ている宮廷魔術師は多く、学者協会からの呼び出しに、あからさまに嫌悪感《けんおかん》を露《あら》わにしている者もいた。中には、話を聞かずに帰ろうとしていた者もいたのだが、カレンと共に現れたメラニーの姿を見て、席に留《とど》まっていた。

「あれって、クイン様の弟子《でし》って言われている子でしょう？　なんで学者協会の人間と一緒にいるの？」

「城壁の魔法陣を発見した時、あの子も一緒だったたって聞いたけど。……一体、何の話をするつもりなんだ？」

「ガルバドを倒《たお》したのって、彼女だよな。古代魔術が使えるって話は本当なのか？」

「え、それって、ただの噂《うわさ》なんじゃないの？」

メラニーに関する噂は彼らの中でも広まっているようで、彼女の才能に関する真偽《しんぎ》を探《さぐ》ろうと、壇上に注目が集まっていた。

そんな彼らの様子を見て、横からケビンが声を潜《ひそ》めて言った。

「どうやら、話だけでも聞く気はあるようだな」

「ああ。第一段階は成功だ。あとは、メラニーの発表次第《しだい》だな」

メラニーの研究に彼らが耳を傾《かたむ》けてくれるかは、彼女の発表にかかっていた。

クインらが固唾《かたず》を呑《の》んで見守っていると、カレンがざわついた会場を制した。

「ご静粛《せいしゅく》にお願い致《いた》します。本日はお忙《いそが》しい中、我々、イーデン学者協会の発表の場にお集まりいただきまして誠《まこと》にありがとうございます。皆《みな》さんもご存じの通り、こちらにおりますメラニー・スチュワートさんは、ブランシェットさんと共に城壁の魔法陣を見つけた方です。しかしながら、彼女は宮廷《きゅうてい》魔術師ではないため、独自に魔法陣について調べ物をしておりました。そこで、重大な発見を致しましたので、今日の場を設けさせていただいた次第《しだい》でございます」

カレンはニコニコと聴衆《ちょうしゅう》を見回しながら、流暢《りゅうちょう》に説明する。

「宮廷魔術師《まじゅつし》の皆様におかれましては、なぜこの場に我々学者協会がいるのか疑問に思っている方もいることでしょう。それは、この発表がメラニーさんの学者協会認定《にんてい》試験を兼《か》ねているからです。我々としてもかなり異例なことですが、ご了承《りょうしょう》いただけますと幸いです。さて、前置きはこのくらいにして、早速《さっそく》、始めさせていただきます。では、メラニー君。よろしくね」

「学者協会の認定試験だと？」

「どういうことだ？　彼女はクイン様の弟子じゃないのか？」

カレンの説明に、困惑《こんわく》した声があちらこちらから聞こえてきた。そんな彼らの反応にメラニーが不安に思っていると、カレンが背中を軽く叩《たた》いた。

「他《ほか》の人の目は気にしないで。君はまとめたことを発表すればいいんだ。落ち着いてね」

カレンはメラニーを励《はげ》ますと、声を拡張させる魔術具を手渡す。

「──わかりました」

カレンが壇上から降り、一番前の席に座ったのを見て、メラニーは壇上の机に魔術具を置いた。顔を上げると、多くの視線が一斉に向けられ、体が竦《すく》んだ。前の席に座る学者たちはともかく、宮廷魔術師たちからの鋭《するど》い視線が痛い。

救いを求めて、一番後ろに座るクインの方を見ると、励ますようにメラニーに頷《うなず》いてくれた。クインが見ている心強さに、気持ちが少し落ち着く。メラニーは深呼吸をすると、魔術具に向かって、口を開いた。

「只今《ただいま》、ご紹介《しょうかい》にあずかりました、メラニー・スチュワートと申します。ほ、本日はよろしくお願い致します」

魔術具を通して、メラニーの震えた声が部屋に響《ひび》き渡った。

(どうしても、声が震えちゃう！　でも、大丈夫。落ち着いて、落ち着いて……)

メラニーは自分に言い聞かせながら、予《あらかじ》め用意した原稿《げんこう》を広げた。

「……こ、この場をお借りしまして、城壁《じょうへき》で見つかった古代魔術の魔法陣《まほうじん》に関して、私の方で独自に調べた内容を発表させていただきます。えっと、……まず、こちらの魔法陣を調べるにあたり、この城壁が造られた当時の歴史について、いくつか発見がありましたので、そこから説明させていただきます。れ、歴史書によると建国当時……」

今日のために何度も練習はしてきたが、どうしても拙《つたな》い話し方になってしまう。震えそうになる声を何とか抑《おさ》えながら、原稿を読み進めると、やっと前半部分の終わりが見えてきた。

「——い、以上のことから、この魔法陣が城壁周辺、主に近隣《きんりん》の森程度までの範囲《はんい》を守護していたと推測されます。えっと、続きまして……」

「ちょ、ちょっと待ってください！」

前の席に座っていた中年の学者が、突然声を上げ、メラニーの発表を止めた。

(——あれ？)

そこで初めて原稿から顔を上げたメラニーは、会場が妙《みょう》な空気になっていることに気づいた。なぜだか、皆、とても驚《おどろ》いたような唖然《あぜん》とした顔をしている。

「は、はい？　えっと……」

「すみません。私は歴史学を研究しているラダールと申します。あの、今、説明された歴史書とは、どこの本ですか？　私も知らない本のようですが……」

質問をしたのは、以前、学者協会で見かけたラダール博士だった。

「えっと、それは……スチュワート家が所蔵している歴史書と、王立図書館にあった建国についての古文書です」

「こ、古文書⁉　え、待ってください。それって、古代語で書かれたものですよね？」

「は、はい。そうです。あ、でも、一冊全《すべ》てを読み解く時間がなかったので、抜粋《ばっすい》して解読したものになりますが……」

「読み解く……って、そんな簡単に……」

　メラニーの回答に、ラダールだけでなく、会場全体が騒然《そうぜん》とした。

「古代語が読めるという噂は本当だったのか……」

「王立図書館にある古文書って、ほとんど解読されていないって噂だよな……」

「いや、それよりも、あの魔法陣が魔物を引き寄せないようにしていたというのか？」

「それが事実なら、これはすごい発見よ？」

　あちらこちらで囁《ささや》かれる声に戸惑《とまど》っていると、カレンが苦笑いを浮《う》かべて、「皆さん、お静かに」と言って、会場を落ち着かせた。

「メラニー君。続きをどうぞ」

「え？　あの、大丈夫ですか？　……で、では続きまして、魔法陣について説明させていただきます。準備をするので、少々お待ちください」

　なんだか先程《さきほど》よりも聴衆から飛んでくる視線が痛い。メラニーは、背中にチクチクとした視線を浴びながら、城壁の魔法陣を複写した羊皮紙を黒板に貼《は》っていく。

「こ、こちらをご覧ください。これは、城壁に描《えが》かれた魔法陣を複写したものです。僭越《せんえつ》ながら、魔法陣の一部を解析《かいせき》しましたので、これより説明させていただきます」

　発言した途端《とたん》、今度は後ろの宮廷魔術師たちが声を上げた。

「ちょっと、待ってください！　解析ってどういうことですか!?　僕ら宮廷魔術師でもまだ全然解析が進んでないのに――」

「すみませんが、質問は最後に受けつけますので、発表中はお静かにお願いします！」

収拾《しゅうしゅう》がつかなくなることを予感したカレンが聴衆に釘《くぎ》を刺《さ》した。

「メラニー君。気にせず、続きをどうぞ」

「は、はい……。で、では、解読ができた部分について、説明をさせていただきます。こちらの魔法陣ですが、古代魔術でも初期に使われた模様の組み合わせで構成されておりまして……」

メラニーが解説を始めると、後ろの席からオーリーとバーリーがドカドカと慌《あわ》てた様子で前の方の席に座り直し、メモの準備を始めた。それを見て、他の宮廷魔術師たちも同じようにメモを取り始めたのだが、緊張《きんちょう》でそれどころではないメラニーは、そのことに気づかず、黒板の方を見ながら、解説を続けていく。

最初はざわついていた場内も、メラニーの発表が終わる頃《ころ》には静まりかえっていた。説明を終え、再び顔を上げたメラニーは、今度は異様な静寂《せいじゃく》に包まれていることに驚き、何かまずいことでも言ってしまったのかと、冷や汗《あせ》を掻《か》きながら発表を締《し》め括《くく》った。

「と、いうことで、この理由から、ここの継続《けいぞく》の魔法式と強化の魔法式が反応することにより、長い年月作用し続ける効果をもたらしたと推測できます。……い、以上がこれまでに解析をしてわかったことです。えっと……これにて、発表を終わらせていただきます。あ、あの――わ、わかりにくくて、すみませんでした！」

泣きそうに謝るメラニーとは対照的に、満足気な顔をしたカレンが拍手《はくしゅ》をしながら、壇《だん》上《じょう》へ出てきた。

「いやいや、素晴《すば》らしい発表だったよ。ありがとう、メラニー君。では、これより質疑応答に移ります。誰《だれ》か質問のある方――」

「「はい！」」

すごい勢いであちらこちらから手が挙がった。

「あの！　先程の話にあった継続《けいぞく》魔法の部分なのですが……」

「すみません。お調べになった歴史書について、もう少し詳《くわ》しい話を」

「あの巨大《きょだい》な魔法陣がどのように描かれたか、わかりますか？」

「……え、えっとその……」

「順番に当てますので、落ち着いてください」

カレンが場を仕切り、前列から順に当てていった。学者のみならず、宮廷《きゅうてい》魔術師からも様々な質問が上がり、メラニーは戸惑いつつも、答えられる範囲で返答していく。そして、大方の質問が終わると、さっきまでの静けさとは一変して、会場は興奮した空気に包まれていた。

その一方、質問に答えることで精一杯《せいいっぱい》になっていたメラニーは、受け答えによる緊張と疲労感《ひろうかん》から、クタクタになっていた。

(予想はしていたけれど、こんなに質問が来るなんて……。疲《つか》れたわ……)

「さて、他《ほか》に質問は？」

一通り質問が終わったようで、カレンが会場を見回した。

すると、一番後ろの席でクインが手を挙げた。

「では、クイン君。どうぞ」

カレンが指名すると、クインはその場に立ち上がった。国一番の宮廷魔術師であり、メラニーの師匠《ししょう》であるクインが発言することに、会場が固唾《かたず》を呑《の》んで注目する。

「非常に興味深い内容でした。私から二点質問をさせていただきます。まず――君から見て、その魔法陣を再度使うことは可能だと思いますか？」

クインの質問に会場からハッと驚く声が聞こえた。そんな聴衆《ちょうしゅう》の反応をメラニーはじっと観察する。

(誰だって、それを考えるはず。でも……)

「……正直言って難しいと思います」

メラニーはクインを見つめながら、慎重《しんちょう》に答えた。

「その理由は？」

「理由は二つあって、一つは、この魔法陣の魔法式を全て解析するには時間がかかるからです。ざっと見ただけでも二十種以上の魔法式《まほう》が組み合わさっていますので」

「に、二十種も⁉」

宮廷魔術師たちから驚きの声が上がった。

一般的《いっぱん》によく使われる魔法陣《まほうじん》は、多くてもせいぜい五、六種程度の魔法式の組み合わせで構成されている。それ以上の機能や効力を詰《つ》めると、魔法陣が破綻《はたん》するからだ。

「今、私が解析した部分はメインとなる魔法式だけです。細かい魔法式全てを解読しようと思ったら、相当な時間がかかるでしょう。……それに私が解析した部分が本当に合っているか、検証も必要になります」

「なるほど。他の理由は？」

「はい。もう一つは、古代魔術は普通《ふつう》の魔法でも相当な魔力を使います。それがこの規模の魔法陣となると……クイン様でも――いえ、現代の魔術師の魔力ではおそらく不可能かと……」


「……魔法陣の再生は無理なのか。非常に残念だな」

メラニーの回答に、会場内から失望の声が囁かれた。

彼女の発表を聞いて、彼らもこの魔法陣がもたらす価値に気づいたのだろう。もし、魔法陣を再生することができるなら、魔物の被害《ひがい》に怯《おび》えなくて済むからだ。それは宮廷魔術師だけではなく、多くの国民が求めることだった。

クインが壇上へと視線を戻《もど》すと、メラニーがコクンと頷《うなず》いた。彼女の覚悟《かくご》を決めた表情を見て、クインは次の質問をする。

「――では、この魔法陣を応用して、現代版に改良することはできると思いますか？」

その質問に、今度はメラニーに注目が集まった。

この時点で多くの宮廷魔術師たちは、クインが弟子《でし》のメラニーと示し合わせて、この場を設けたことに気づいたようだった。

クインの質問を受け、メラニーは側《そば》に控《ひか》えていた使い魔に声をかける。

「――メルル。お願い」

メラニーの呼びかけに、メルルが白い巨体《きょたい》を震《ふる》わせて、口の中から長い筒《つつ》を吐《は》き出した。大蛇《だいじゃ》の口から筒が吐き出される光景に会場に悲鳴が上がったが、緊張した様子のメラニーはそれに気づくこともなく、筒の中から羊皮紙を取り出して、黒板の魔法陣の隣《となり》に貼った。

一体何をしているんだと聴衆が注目する中、メラニーが広げたそれは、全く新しい魔法陣だった。

「――まだ、製作途中《とちゅう》ですが、改良した魔法陣です」

メラニーの衝撃《しょうげき》的な発言に宮廷魔術師たちは目を丸くして、その魔法陣に注目した。

「なんだ、あのめちゃくちゃな魔法陣は……」

「あんな魔法式の組み合わせは、ありえるのか？」

メラニーが提示した魔法陣に半信半疑の人たちがいる中で、古代魔術に詳しいオーリーとバーリーだけは感嘆《かんたん》の声を上げた。

「かぁー！　さすがは嬢《じょう》ちゃんじゃ。すごいのぅ」

「やはり、とんでもない才能だな」

様々な声が上がる中、クインもあの魔法陣を初めて見た時の衝撃を思い出していた。

彼女の実家を訪《おとず》れた際に、あの魔法陣を見つけ、背筋がゾクゾクとしたものだ。

ガルバドを拘束《こうそく》した魔法陣を作った時にも思ったが、彼女のセンスは圧倒《あっとう》的に群を抜《ぬ》いている。古代魔術を基礎《きそ》に、現代魔術を融合《ゆうごう》させた、見たことのない術式。一見、無茶《むちゃ》なように見える魔法陣だが、その理論は大きく外れることはなく、構成の可能性を広げている。もしこれが本当に発動できるのならば、この国の魔法技術は著《いちじる》しく進化を遂《と》げるだろう。

（――間違《まちが》いない。彼女は本物の天才だ）

「皆《みな》さん、静粛《せいしゅく》にお願い致《いた》します」

魔術具を通して、カレンの声が響き渡《わた》り、今度はなんだと皆が壇上に注目する。

「今、お聞きになりましたように、スチュワートさんの発表は国の重大な未来を担《にな》う内容です。この魔法陣を発見した彼女の慧眼《けいがん》と、一人でここまで調べ上げた技量を考慮《こうりょ》し、我々、イーデン学者協会は、満場一致《まんじょういっち》で彼女の正式加入を承認《しょうにん》致します」

カレンが前列に座る学者たちに目配せをすると、彼らも満足そうに頷いた。だが、そんな学者たちとは対照的に、後ろの席から文句が飛んだ。

「……正式加入じゃと!? じゃあ、この研究はどうなるんじゃ！」

オーリーが真っ先に声を上げ、他の魔術師も「勝手に決めるな」と、怒《いか》り始めた。まさか、ここまで反発の声が出るとは思っていなかったメラニーは、彼らの反応に戸惑《とまど》った。

しかしそこへ、クインが壇上《だんじょう》へとやってくる。

「よく頑張《がんば》ったな」

小声でクインが囁《ささや》き、労《ねぎら》うようにメラニーの肩《かた》を叩《たた》いた。クインの隣にはケビンの姿もあり、二人は共に聴衆へと向き直った。

「さて、そのことについて、私から諸君に提案したいことがある。今の彼女の発表を聞いて、皆も彼女の実力がわかったと思う。そこで、我々、宮廷《きゅうてい》魔術師の解析《かいせき》チームは、イーデン学者協会と共同研究を行いたいと考えている」

クインの異例の提案に、宮廷魔術師から驚《おどろ》きの声が上がった。そこへすかさず、ケビンが続ける。

「ちなみに、魔法陣についてはクインが国王陛下に一任されている。君たちにはできるだけ協力願いたい」

既《すで》に国王陛下が承諾《しょうだく》していることを聞いて、彼らの中には、どうするべきか考える者が出始めていた。その様子を見て、クインが説得するように言った。

「突然《とつぜん》のことで、困惑《こんわく》していると思うが、これはこの国の未来を救う研究だ。彼女の力は我々の助けにもなるだろう」

「わ、私からもお願いします！　身勝手なお願いだとは重々承知しております。ですが、この研究は、私一人の力でできるものではありません。どうか、皆さんのお力を貸していただけないでしょうか？」

メラニーもまた勇気を振《ふ》り絞《しぼ》って、お願いした。

この場に宮廷魔術師を集めたのは、彼らの協力を得るためだった。

クインの提案で、カレンとケビンに協力を仰《あお》ぎ、今日まで準備してきたのだ。ここで、彼らの協力を得られないようだったら、この先も共同研究は難しいだろう。

しかし、学者協会の横槍《よこやり》に、集められた宮廷魔術師たちは困惑した表情を見せていた。

会場のあちらこちらで、どうするか話し合っている姿を見て、メラニーは不安げに瞳《ひとみ》を揺《ゆ》らした。

すると、クインが「大丈夫《だいじょうぶ》だ」と囁く。

「今までは民間組織の話なんて、まともに聞こうともしなかった彼らが、こうして考えているということは、君の発表が彼らに届いた証《あかし》だ。今すぐにとはいかないかもしれないが、きっと少しずつ協力できるようになるだろう」

「そうだといいのですが……」


こうしてメラニーの研究は、国の事業として、宮廷魔術師たちと一緒《いっしょ》に共同研究として行われることになった。

しかし、やはりというか、あの会場で感じた不安は的中していた。

「……今日も誰《だれ》も来ませんね」

研究場所として古代魔術《まじゅつ》研究室を借りることになったのだが、今日も部屋はがらんとしていた。集まっているのは、古代魔術研究室の面々だけである。発表の場にいた、他《ほか》の二十人ほどのメンバーは、誰一人として顔を出していなかった。

いかに自分が歓迎《かんげい》されていないのか突《つ》きつけられ、メラニーはしょんぼりと項垂《うなだ》れる。

幸いなことに古代魔術研究室の三人は、メラニーをよく知っていることから味方になってくれているが、彼らがいなかったら、めげていたかもしれない。

「まぁ、こうなるとは思っていたけどね」

机の上を片付けながら、ディーノが投げやり気味に言った。

「急に学者協会と協力しろなんて言われても、誰だってすぐには納得《なっとく》できないよ」

「……そうですよね」

共同研究をするにあたり、カレンや両親から反発は起きるかもしれないと忠告されていたが、こうも露骨《ろこつ》に避《さ》けられると、悲しくなったし、指揮官を務めるクインに対しても申し訳なかった。

メラニーが気落ちしていると、頭にポンと大きな手が置かれる。

「あまり気にするな」

「クイン様……」

顔を上げると、メラニーを励《はげ》ますようにクインが優《やさ》しい顔を向けていた。

「表立って反発が起きないだけでも大きな進歩だ。それに、彼らが反発する理由は私にもある」

実は、批判の矛先《ほこさき》はメラニーだけではなく、クインにも向けられていた。自分の弟子《でし》で婚約者《こんやく》であるメラニーを贔屓《ひいき》しているという不満の声が、一部の魔術師から上がっていたのだ。

「まったく。クイン様のことまで文句を言うなんて、先輩《せんぱい》たちもやりすぎだよ」

「これだから、若いもんはだめなんだ。歴史に残る研究じゃと言うのに」

「放っておけ。どうせ、そのうちやってくるだろう。あいつらだって、本当はお前さんの力が必要だと、わかっているんだ」

ディーノたちの気遣《きづか》いに、少しだけ心が救われた。

(落ち込んでいても仕方ないわよね。今は、他の人たちがいつ来てもいいように研究を進めていこう)

メラニーは気を取り直すと、研究の準備を始めた。

机に発表の場で見せた新しい魔法陣《まほうじん》を広げ、改めて彼らにその内容を説明していく。

「……このように、中心に三つの魔法式を重ねてみました」

「守護魔法、継続《けいぞく》魔法、広範囲《こうはんい》魔法をこういう風に重ねるとは面白《おもしろ》いやり方じゃな」

「これは城壁《じょうへき》の魔法陣の中心部に描《えが》いてあった模様の重なりを参考にしたのか？」

「はい。バーリーさんの言うとおりです」

「さっき言っていた強化の魔法式ってどれ？」

「ディーノの右手の位置にあるやつだな」

　発表のために、クインには何度か説明をしていたが、他の三人は今までにない形をした魔法陣に苦戦しているようで、熱心に質問を繰《く》り返していた。

　ある程度の説明が終わると、今度は今後の方針について話し合いが行われた。城壁の魔法陣の解析にはかなり時間がかかるため、平行作業で、メラニーの作った草案を元に魔法陣作りを始めようかという話になった。

「もし、仮にこの草案の通りに作るとしたら、市販《しはん》の魔法インクじゃ、効力足りないですよね。もっと特別なインクが必要になるんじゃないですか？」

　そう言って、ディーノが棚《たな》に並んだオーリーの魔法インクのコレクションに目を向けた。

　魔法インクは魔法陣を作るための特別なインクのことで、インクの種類によって、色々な効力を魔法陣に付与《ふよ》することができるものである。

　すると、オーリーは棚の前に走って、守るように両手を広げた。

「これ以上、わしの大事なコレクションは使わせんぞ！　しかも、この規模の魔法陣となると一瓶《ひとびん》どころじゃすまないじゃろう！」

「それもそっか。そうなると、この魔法陣に合ったものを一から調合しないといけないのか……。わー、考えるだけで大変そう」

「そうだな。だが、一から作るにしても、これだけの種類の魔法式が組み合わさっているとなると、必要な属性を一度に混ぜるのは不可能じゃないか？　お前さんはどう思う？」

早速《さっそく》、問題点をポンポンと挙げていく彼らの頭の回転の速さに圧倒《あっとう》されていたメラニーは、バーリーから意見を聞かれて、慌《あわ》てて考えた。

「えっと、そうですね……。例えばなんですけど、魔法式毎《ごと》に、使う魔法インクを変えてみるというのはどうでしょう？　どこかの古文書で読んだことがあります」

「それは面白い手法だな。だが、理にかなっている。手間はかかるが、確実か」

メラニーの案を受け、クインが頷《うなず》く。

「だが、費用が大変なことになりそうだな」

「そうですね。試《ため》しに目算してみますか？」

ディーノが奥の書棚から、素材の一覧が載《の》っている分厚い図鑑《ずかん》を持ってくる。すると、メラニー以外の四人は慣れた様子で、魔法陣に描かれた魔法式を見ながら、図鑑を使って、材料を列挙し始めた。

「まず、こっちの継続の魔法式は、定番のグレの葉をメインにするか」

「なら、ダルダゴの根と、飛翔《ひしょう》系の魔物の翼《つばさ》がいるな」

「ここの魔法式は光属性の素材が必要ですよ？　何を使います？　効力だけを考えるなら、ルラの樹木片《へん》を使いたいところですけど」

「あれは値が張るからな。クイン。予算はどうなっている？」

「国の一大事業として、それなりに予算に計上しているから、ある程度は見込めるはずだ。だが、長期事業と考えれば、闇雲《やみくも》に使うわけにもいかないだろう。ここはある程度、抑《おさ》えて試算してみよう」

「……」

彼らが話し合う一方で、メラニーは机の端《はし》で今の内容を必死にメモしていた。いくら古代魔術について詳《くわ》しくても、現代魔術の知識はまだまだ乏《とぼ》しく、話についていくだけで精《せい》一杯《いっぱい》だった。

（前から思っていたけど、皆《みな》さんの知識量って本当にすごいわ。頭の回転も速いし、さすがは宮廷《きゅうてい》魔術師だわ。――私も、こんな風になれたら……）

メラニーは魔法陣を囲みながら意見を交《か》わす彼らを羨望《せんぼう》の眼差《まなざ》しで見つめるのだった。

それから数日が経《た》ち、メラニーが考えた魔法陣の草案の改良は進捗《しんちょく》が遅《おく》れ気味ながらも進んでいた。それと同時に城壁の魔法陣の解析《かいせき》も続けているので、結構大変なものがある。今のところは草案の改良に重きを置いているが、両方をやるにはやはり人手が足りなかった。

「そろそろ、休憩《きゅうけい》にするか」

クインが提案すると、大きく伸《の》びをしたディーノが改良した魔法陣を見て言った。

「だいぶ形になってきましたね。そろそろ、試作品を作ってもいいんじゃない？」

魔法陣を作るための試算が終わり、それに合わせて魔法式の変更《へんこう》をしたり、時には城壁の魔法陣から新たに解析できた魔法式を取り込んだりと、何度も試行錯誤《さくご》を重ね、ようやく作製の目処《めど》が立ちつつあった。

「そうじゃな。欲を言えば、もう少し、解析の方も続けたいところじゃが、こっちも行き詰まってきたしな。ディーノの言う通り、一旦《いったん》、試作の方に移るか？」

「人がいれば、二班に分かれて、解析作業も同時に行えるんだが……」

「まだ、皆さん、納得していないみたいですもんね……」

これまでに何度か、ディーノたちが他の宮廷魔術師たちを説得してみたが、それもうまくいっていなかった。このままでは、進捗はどんどん遅れていくだろう。

どうしたものかと、メラニーたちが頭を悩《なや》ませていると、廊下《ろうか》の方から騒《さわ》がしい声が聞こえ、突然《とつぜん》、研究室のドアが開いた。

もしかして、彼らが来てくれたのかと、期待を込めて振《ふ》り向くが、そこにいたのは初めて見る顔ぶれだった。

「お邪魔《じゃま》するよ」

年配の貴族たちがゾロゾロと研究室に入ってきて、こちらの了承《りょうしょう》も取らず、勝手に部屋の中を物色し始めた。その横柄《おうへい》な態度に、メラニーたちは啞然《あぜん》とする。

「え？　──あの……」

突然の貴族たちの訪問に驚《おどろ》いているのはメラニーたちだけではない。廊下には宮廷魔術師たちが集まり、遠巻きにこちらの様子を窺《うかが》っていた。

「一体、何事？　っていうか、あの人たち誰《だれ》？」

「あれ、議会の連中だよ」

廊下にいる職員たちの話し声が耳に入ってきて、メラニーは驚いた。議会の人間が、一体、何の用だろうか。

呆然《ぼうぜん》と彼らを眺《なが》めていたメラニーは、その中にユスティーナのサロンで見た顔があることに気づいた。陰《かげ》のある細面《ほそおもて》の風貌《ふうぼう》は確か、マーシャル議員だ。だが、マーシャルはメラニーに気づいていないのか、後ろの方で他《ほか》の議員に隠《かく》れるようにひっそりと佇《たたず》んでいた。

「急に何の用だ」

彼らの来訪にクインは小さく呟《つぶや》いた。彼も何も聞いていなかったらしい。クインは眉《まゆ》を顰《ひそ》め、突然の訪問者に対応する。

「議会の皆様が、何の御用《ごよう》でしょうか？」

すると、恰幅《かっぷく》の良い貴族の男がニヤニヤとした笑《え》みを浮《う》かべ、前に出てきた。

「宮廷魔術師と学者協会が共同研究をすると聞いてね。その視察だよ。ささ、ユスティーナ様。こちらに」

彼の言葉に議員たちが列を割って、廊下から一人の女性を通した。

「ユスティーナ様？」

清楚《せいそ》な水色のドレスに厚手の外套《がいとう》をかけたユスティーナが現れ、メラニーは驚《おどろ》きで目を丸くする。

「どうして王女様が……？」

「あら、メラニーさん。お久しぶりね。お元気？」

ユスティーナがメラニーの姿を見つけ、ニコリと微笑《ほほえ》んだ。

「ご、ご無沙汰《ぶさた》しております」

メラニーが礼をとって挨拶《あいさつ》すると、メラニーを庇《かば》うようにクインが前に出た。

「わざわざ王女様が視察に訪《おとず》れるとは。これは何の集まりでしょう？　こちらの研究はあまり部外者に公表するものではありませんが」

「おいおい、ブランシェット。王女様になんて口の利《き》き方だ」

「セルデン大臣――」

先程《さきほど》の恰幅の良い貴族に、クインが苦い顔をした。どうやら二人は顔見知りのようだが、クインの様子から察するに、あまりいい関係のようには見えなかった。

　すると、セルデンは鼻を鳴らし、部屋の中を見回して、難癖《なんくせ》をつけだした。

「しかし、大したことをしている感じではなさそうだな。おい、他の魔術師はどうした？」

「今は、魔法陣《まほうじん》の草案を作っている段階ですので」

「フン。あれだけの莫大《ばくだい》な予算を計上しておいて、こんな有様か。やはり、視察に来て正解だったな。そもそも、城壁《じょうへき》の防衛策に、あそこまでの金額を投資する理由がどこにあると言うんだ？」

「防衛強化は国の施策《しさく》の要《かなめ》です。そのことは議会も承認《しょうにん》しているはずでは？」

「たかが宮廷魔術師が偉《えら》そうに。お前らはこっちの言うことをただ聞いていればいいんだ。ブランシェット。お前、ザール地方の遠征《えんせい》を断ったらしいな」

「それが何か？」

「それが何かだと？　私の顔を潰《つぶ》しおって、よくそんなことが言えるな！」

「お言葉ですが、その件なら、既《すで》に私に代わって他の者がつつがなく任務を終えていますが、何か問題でもありましたでしょうか？」

　クインの冷淡《れいたん》な言い方に、セルデンが唇《くちびる》をわなわなと震わせた。

「相変わらず、人を馬鹿《ばか》にしたような態度を取りおって……。聞いているぞ。新たな防衛対策だか知らんが、完成の見通しは立っていないそうじゃないか。そんな杜撰《ずさん》な計画に国の大事な予算を回すわけにはいかん！」

「そうだ、そうだ！」

セルデンの主張に周りの議員たちが賛同の声を上げた。その声を受け、セルデンは調子に乗った様子で更《さら》に続けた。

「実現するかどうかも怪《あや》しい計画にかまけている暇《ひま》があったら、お前らは、国中を駆《か》けずり回って、一匹《ぴき》でも多く魔物を倒《たお》していればいいんだ！　国民のために命を使ってこその、宮廷魔術師だろう？」

宮廷魔術師を見下した言葉に、辺りが一瞬《いっしゅん》、静まり返った。

「……そんな、僕たちをモノみたいに！」

「ディーノ！」

思わずカッとなったディーノがセルデンに歯向かおうとすると、慌《あわ》ててオーリーたちが止めに入った。一官吏《かんり》にすぎない彼らが、議員に楯突《たてつ》くことはあまりに無謀《むぼう》だった。廊下で様子を見ていた魔術師たちも、セルデンの暴言に怒《いか》りを露《あら》わにしていたが、反論しようという者はいなかった。

そんな屈辱《くつじょく》に耐《た》える彼らの姿を見て、メラニーはショックを受ける。

（こんなに優秀《ゆうしゅう》で、国のために貢献《こうけん》している人たちを、どうしてそんな風に言えるの？）

そっと、クインの様子を窺うが、彼もまた静かに立っているだけだった。

体を張って魔物退治に出かけているクインでさえ黙《だま》っていることに、余計に悔《くや》しくなる。

以前にクインから仕事の話を聞いていたメラニーは、我慢《がまん》できず、気づけばセルデンに向かって口を開いていた。

「──では、彼らの命はどうなっても良いというのですか？」

「……なんだ、お前は」

セルデンがクインの後ろにいるメラニーを見つけ、怪訝《けげん》そうに眉を顰めた。

「メラニー」

クインが庇おうとするが、メラニーはその制止を振り切って、一歩前に踏《ふ》み出す。

「い、今の言葉、撤回《てつかい》してください」

「なんだと……？」

ギロリと睨《にら》まれ、逃《に》げたくなった。けれど、勇気を振り絞《しぼ》り、その場に留《とど》まる。

「宮廷《きゆうてい》魔術師は、つ、使い捨ての駒《こま》ではありません。そんな風に軽《かろ》んじないでください！　クイン様は──ここにいる皆《みな》さんは、国のために、い、一生懸命《いつしようけんめい》働いているんです」

震《ふる》えた声で反論するメラニーを見て、セルデンはバカにするように笑った。

「それがどうした。国に仕える宮廷魔術師や騎士《きし》は国の道具じゃないか。国民のために命をかけるのは当然だろう」

「でも、彼らもその国民の一人です。か、簡単に扱《あつか》っていい命ではありません。大臣が言うように、魔物の増加で多くの人が困っているのはわかります。私も、城壁の周りに魔物が出ているという話を聞きました」

「だったら、なおのこと、こんな研究をやっている場合ではないことはわかるだろう」

「いいえ、違《ちが》います！　いくら、宮廷魔術師が魔物退治をしたとしても、その数は限られています。――でも、この研究が成功すれば、少なくとも王都周辺の魔物の数は大きく減らすことができるんです！　そうすれば、街を行き交《か》う人だけじゃなく、城壁を守る兵士や宮廷魔術師たちの危険も減らすことができます。今、私たちがしているのは、そういった多くの命を守るための研究です！　だから――」

メラニーは一歩進み、セルデンの前に立つ。

「お願いします。どうか、これ以上国民に犠牲《ぎせい》を出さないためにも、研究を続けさせてください！」

メラニーの熱意に押されたのか、セルデンが一瞬たじろいだ。しかし、まだ幼さの残る少女に真っ向から歯向かわれたことに気づくと、顔を真っ赤にして逆上した。

「……魔術師風情《ふぜい》が生意気な口を！」

カッと頭に血が上ったセルデンがメラニーに摑みかかろうとすると、今まで後ろにいたマーシャルが慌てて止めに入った。

「──大臣っ！　彼女はスチュワート家の娘《むすめ》ですよ」

「なっ！」

メラニーが侯爵《こうしやく》家の娘であることを知り、セルデンが顔を青くする。

「くっ……」

さすがに名家であるスチュワート家を敵に回すのが怖《こわ》いのか、悔しそうにセルデンは身を引いた。

一方、殴《なぐ》られるかと思い、顔を背《そむ》けていたメラニーは、いつの間にか目の前にクインが立っていることに気づいた。どうやら、咄嗟《とっさ》に前に出て庇ってくれたようだ。助かったと思うと同時に、今頃《いまごろ》になって、心臓がバクバクと鳴り、汗《あせ》がどっと吹《ふ》き出した。

そんなメラニーにクインが小さな声で囁《ささや》く。

「大丈夫《だいじょうぶ》か？」

「クイン様……。すみません、私──」

無謀な行動をとってしまったことを後悔《こうかい》する。自分の無責任な行動で、クインたちの立場が悪くなってしまったら、どうしようかと泣きそうになった。

「いや、よく言ってくれた。礼を言う」

「クイン様──」

クインを見上げると、彼は表情を変え、大臣たちに向き直った。

「大臣。この案件は既に陛下の承認をとって、ケビン殿下《でんか》の指揮の下《もと》、動き出しています。異論があるようであれば、直接陛下に進言してください」

「ぐっ……」

クインの正論に、セルデンは苦虫を噛《か》みつぶしたような顔をして、黙り込んだ。

彼らとて、国王陛下が承認したものを無下にすることはできない。ましてや、ケビン派の勢力が手を回している案件だ。余程《よほど》の理由がない限り、予算に口を出すことはできないはずだ。

セルデン以外の議員も、言い返すことができないようで、一様に静かになった。

クインはこのまま彼らが大人しく去っていってくれることを願ったが、そこへ涼《すず》やかな声が割り込んだ。

「――でも、いくら陛下が承認したからと言っても、それだけでは納得《なっとく》できない人もいるでしょう?」

水を差したのは、今まで傍観《ぼうかん》していたユスティーナ王女だった。

(――この女。何を考えている……)

さも困ったような表情を浮《う》かべ、彼女は大臣たちの味方をする。議員たちは、そんな自分たちの立場を庇《かば》ってくれる王女の言葉に口元を緩《ゆる》めた。

「そうだ！　金を出すのは我々国民だ」

「ダラダラと先の見えない研究をされていては困る」

話を振《ふ》り出しに戻《もど》され、クインはユスティーナを睨んだ。

「困ったわね。これでは話が進みませんわ。――そうだわ。本当に実用可能なのか、証明してもらいましょう」

「証明？」

「ええ。期限を設けて、それまでに皆が納得できるだけの成果を見せてくれればいいわ。もし、それを見て、予算をかけるにあたらないと判断すれば、事業の縮小もしくは中止。皆が納得できれば、このまま継続《けいぞく》。それなら、双方《そうほう》納得できるでしょう？」

「おおっ！　それはいい考えだ」

「さすがはユスティーナ様。それならば、こちらは異論ありませんぞ」

議員たちがユスティーナを持ち上げ、次々に賛同し始める。

「ちょっと待ってください。まだ、研究が始まったばかりだというのに、そんなの……」

勝手に決まりかける様子にディーノが声を上げるが、クインはそれを押し止《とど》めた。

「――わかりました。納得いただければいいのですね」

「ふふ。決まりね。では、そうね……。祈年祭《きねんさい》の日はどうかしら？　ちょうど春の訪《おとず》れを祝うおめでたいお祭りですもの。魔物《まもの》の数も増え始める時期だし、効果を試《ため》すのにもちょうどいいのではないかしら？」

この国の冬は長く、天候が落ちつき始める春の中頃《なかごろ》に毎年盛大《せいだい》な催《もよお》しが行われていた。

クインは祈年祭まで残された時間を考える。

（祈年祭までだと三ヶ月もないな……。期間があまりに短すぎる。解析《かいせき》作業を止めて、試作品作りに注力してギリギリ間に合うかどうかだな。だが、多少未完成な部分があっても、メラニーが考えた魔法陣《まほうじん》は画期的なものだ。その価値さえ証明できれば勝算はある。それに、ここで文句を言えば、また何か言われるかもしれない。……仕方がない）

「……わかりました。それまでに皆様に納得できるものをお見せしましょう」

これ以上、騒《さわ》ぎが大きくなることを恐《おそ》れたクインは、その条件を受け入れることにした。

「楽しみにしているわ」

ユスティーナはニッコリと微笑《ほほえ》むと、議員らを連れて部屋から出ていった。

「……」

彼らの姿が完全に見えなくなると同時にメラニーがその場に座り込んだ。

「メラニー!?」

「す、すみません。急に足が……」

きっとそれだけ緊張《きんちょう》したのだろう。大人しい彼女がそこまで勇気を振り絞ってくれたことが嬉《うれ》しかった。クインは座り込むメラニーに手を差し伸《の》べる。

「私たちのために、ありがとう。メラニー」

「でも、私のせいで……」

立ち上がったメラニーは泣きそうな表情を浮かべ、謝罪した。

「君は悪くない。むしろ、責められるべきは私だろう。勝手に約束をしてしまい、すまない」

「クイン様。謝らないでください。悪いのは、あいつらです！」

「そうじゃ、そうじゃ。二人ともよく言ってくれたぞ」

「ああ。むしろ、もっと言ってやってもよかったくらいだ」

ディーノたちも怒って言った。どうやら、彼らも相当頭に来ていたようだった。

しかし、メラニーは顔を曇《くも》らせたまま、不安を口にした。

「……でも、祈年祭に間に合うでしょうか」

「やるしかないじゃろう」

オーリーの言葉にその通りだと思った。

「そうだな。——一先《ひとま》ず解析は後回しにして、すぐにでも試作品作りに入ろう」

クインの提案に皆《みな》が頷《うなず》いた。

約束の日に向けて、急ピッチで魔法陣の試作品を作ることになったメラニーたちだったが、今までにない魔法陣だけあって、その作業は難航していた。

「実際に作ってみると、調合作業が大変だな。材料も足りないんじゃないか？」

「そもそも、この数の魔法インクを作るだけでも相当時間がかかりますよ？　市販《しはん》のものではだめですか？」

「難しいだろうな。現代版に改良したとはいえ、これだけ複雑な魔法式だ。魔法式に合わせた材料で調合しないと、発動せんぞ」

魔法インクを作るため、研究室には大量の素材が運び込まれていた。早速《さっそく》、調合作業に取りかかったはいいが、次から次に問題が浮かび上がり、メラニーたちは頭を抱《かか》える。

どう考えても、時間も人手も足りていなかった。

オーリーたちの苦情を受け、クインが予算表を睨《にら》みながら、メラニーに訊《たず》ねる。

「……もう少し、簡略化した魔法式に変更《へんこう》できるか考えてみるか？」

「ではまた、魔法陣の作り直しですか？　……間に合うでしょうか？」

「……難しいところだな」

どうしたらいいだろうと悩《なや》んでいると、いきなり研究室のドアが勢いよく開いて、元気な声が飛び込んできた。

「クイン君！　話は聞かせてもらったよ。大変なことになっているそうじゃないか」

颯爽《さっそう》と現れたのは、カレンだった。カレンの後ろには、カルロスや歴史学者のラダール、植物学者のサルマといった見知った顔もある。

突然《とつぜん》の彼らの訪問に驚《おどろ》いていると、カルロスがメラニーの姿を見つけて、輝《かがや》いた顔で駆《か》け寄った。

「メラニーさん！　ありがとうございます！」

開口一番、いきなりお礼を言われて、面食《めんく》らった。

「あの……なんのことですか？」

「実はこの度《たび》、スチュワート家から多額の支援《しえん》金をいただいてね」

メラニーの質問にカレンが答えた。そういえば、学者協会の所属が正式に決まったことを両親に説明した際、スチュワート家から援助金を出すと言われていたことを思い出した。メラニーの研究に他《ほか》の貴族たちから口出しされないよう、両親の配慮《はいりょ》であった。

「そうなんです。これでやっと僕も自分の研究ができます！」

目に涙《なみだ》を浮かべたカルロスが、感極《かんきわ》まった表情で、メラニーの手を握《にぎ》った。その力強い握力《あくりょく》にたじろいでいると、横から、その手を払《はら》う者がいた。

ビックリして顔を上げると、ムッとした表情を浮かべたクインがカルロスを睨みつけていた。だが、カルロスは手を払われたことを気にするどころか満面の笑みを向け、クインの両手を握った。

「ブランシェットさん！　僕、なんでも手伝いますので、言ってください！」

「手伝う？」

カルロスの暑苦しい勢いに、さすがのクインも怯《ひる》んだ。

「人手が足りなくて困っているんだろう？　微力《びりょく》ながら、我々も手を貸すよ」

カレンの言葉に、後ろにいたラダールとサルマが頷いた。

「城壁《じょうへき》に関する古い書物を持ってきたんだが、よかったら参考にしてくれ」

「材料で困ったことがあれば言って。植物や鉱物なら研究施設にも揃《そろ》っているし、何か協力できるかも」

その申し出は今のメラニーたちにとって、とてもありがたいものだった。

「……皆さん、ありがとうございます！　すごく助かります。えっと、じゃあ、どうしましょう。まず、研究の内容を説明しましょうか？」

「あ、ちょっと待って――その前に」

メラニーの言葉を遮《さえぎ》って、カレンが廊下《ろうか》の方へ歩いていく。なんだろう？　と見ていると、彼女は廊下に向かって声をかけた。

「ねぇ、あなたたちも来たらどう？」

（あなたたち？）

するとカレンに促《うなが》され、気まずそうな様子で宮廷《きゅうてい》魔術師たちが研究室に入ってきた。全部で二十人ほどの宮廷魔術師は、今まで協力を避《さ》けていた、城壁の魔法陣の解析チームの面々だった。

どういうことかと驚いていると、彼らのうちの一人が、メラニーを見て、口を開いた。

「俺たち、あんたを見くびっていたよ。本当にすまない！」

「え？」

「あんた、俺たちのために議会の連中に宣戦布告をしたそうじゃないか」

「宣戦布告!?」

「ああ。この研究で議員の奴《やつ》らをあっと言わせてみせるって、啖呵《たんか》を切ったんだろう？」

とんでもないことを言い出す彼らに、メラニーは目を丸くする。大臣たちに歯向かったのは事実だが、なんだか誤解があるようだ。

「あの、違《ちが》います。私はそんな――」

「しっ、黙《だま》ってろ」

訂正《ていせい》しようとすると、横からディーノがメラニーの腕《うで》を引っ張って、睨みを利《き》かせた。

「……」

「てっきり、クイン様のコネを使って俺たちの研究に割り込んできたのかと思っていたけど、俺たちのことまで考えてくれていたなんて、感動したよ。しかも、王女様相手に喧嘩《けんか》を売るなんて、見かけによらず度胸あるな」

「──っ⁉ そ、それは、私じゃな──もがっ！」

今度は後ろからクインの手が伸びてきて、メラニーの口を塞《ふさ》いだ。驚いて顔を上げると、クインは小さく首を横に振《ふ》った。

「…………」

「誤解してて、本当にすまなかった！」

(本当に誤解なさってますよ！)

口を塞がれたメラニーは、身振《みぶ》り手振りで違うと主張しようとするが、それを見たオーリーとバーリーがさっとメラニーの前に出て、壁《かべ》となって阻止《そし》をした。

「それじゃあ、今度はちゃんと協力するんじゃな？」

「わかっていると思うが、休む暇《ひま》なんてないと思えよ？」

「はい！ 真面目《まじめ》にやります」

古株の二人に睨まれ、彼らは真剣《しんけん》な眼差《まなざ》しで頷いた。後ろに控《ひか》えていた他のメンバーも意気込んだ姿を見せている。

「全力で取り組みますので、何でも言ってください！」

「私たちの実力を議会の連中に見せてあげるわ」

「ああ！　それに学者協会に手柄《てがら》を横取りされるのも癪《しゃく》だからな」

「おや、言うじゃないか。そんなことを言われたら、私たちも頑張《がんば》るしかないな」

いつの間にか、カレンたちも含《ふく》め、皆が一致《いっち》団結していた。そんな盛り上がりを見せる彼らに、メラニーは口を塞がれたまま、呆然《ぼうぜん》とするしかない。

（よくわからないけれど、なんだか、仲良くなっている？　協力してくれるのは嬉《うれ》しいけれど……、私はどうすれば……）

困って、ディーノとクインを見れば、彼らは小声でメラニーに忠告した。

「いいか。このまま誤解させておけよ」

「そうだな。大方間違っている訳でもないからな。このままでいこう」

（クイン様まで！　……でも、ディーノさんの言う通り、あそこまでやる気になっているのに、今更《いまさら》、水を差せない……）

和気藹々《わきあいあい》とした様子で、早速研究に取りかかろうとする彼らを見て、メラニーは誤解を解くことを諦《あきら》めて項垂《うなだ》れるのであった。

春の訪《おとず》れと一年の豊穣《ほうじょう》を祈《いの》る祈年祭まで、残り一ヶ月を切っていた。古代魔術研究室は大勢の魔術師たちが詰《つ》め寄り、所狭《ところせま》しと研究が進められていた。

「あれ？　もう材料が無い……」

調合班で、魔《ま》法《ほう》インクの調合をしていたメラニーが呟《つぶや》くと、近くで作業していた魔術師が答えた。

「一階の素材庫に取りに行くしかないね。私が行こうか？」

「い、いえ。私、取りに行ってきます。えっと、他に何か足りないものはありますか？」

他の魔術師に聞いて回っていると、大きなすり鉢《ばち》でゴリゴリと硬《かた》い木の根を潰《つぶ》していたカルロスが、「荷物運びなら、自分も手伝いますよ」と、申し出てくれた。

「力仕事ならお任せください。むしろ、そんな程度しか手伝えなくてすみません」

「そんな。色々手伝ってもらって助かっています。じゃあ、お願いします」

調合班の輪の中から抜《ぬ》け、騒《さわ》がしい研究室の外に出ると、メラニーはフゥと息をつく。

「疲《つか》れましたか？　ずっと作業しっぱなしですもんね」

「あ、いえ。そうじゃなくて……実はまだ、集団で作業するのに慣れてなくて……」

「メラニーさんは皆《みんな》の期待の星ですからね。注目もされているし、緊張《きんちょう》しますよね」

「そ、それ、止《や》めてください……。本当にそんなんじゃないですから……」

メラニーが議員たちに立ち向かったという噂《うわさ》は、宮廷魔術師の間で瞬《また》く間に広まり、魔術品評会の一件も相まって、メラニーは一目置かれる存在となってしまっていた。そのおかげで、研究メンバー以外の職員たちも、研究に手を貸してくれていた。

本当にありがたいことだったが、注目されることが苦手なメラニーにとっては、少々複雑な気分だ。

素材庫に辿《たど》り着き、近くにいた職員に声をかける。

「――あの、すみません。グレの葉とダルダゴの根っこの在庫ありますか？　あと、バーリーさんからパルパルの実も頼《たの》まれていて」

素材庫は、調合に使う植物から鉱物まで様々な素材を管理している部屋だ。隣《となり》の続き部屋には原料から素材を作る調合室もあり、多くの職員たちが様々な器具を使って調合作業をしていた。

「はいはい。バーリーさんから話は聞いているよ。それと、グレの葉とダルダゴの根ね。グレの葉は用意できるけど……ダルダゴは在庫あったかな？」

「――ダルダゴの根なら、ここにあるよ」

隣の調合室から聞き覚えのある声がして、植物学者のサルマが顔を出した。

「サルマさん？　どうして、ここに？」

驚《おどろ》いたカルロスが訊《たず》ねると、サルマは机の上に麻袋《あさぶくろ》を置き、袋の口を開けながら答えた。

「大量に使うから学者協会でも用意できないかって、ブランシェットさんから連絡《れんらく》があって、集めておいたんだ。……これで足りる？」

「あ、ありがとうございます！　はい、十分です」

「じゃあ、下処理はこっちでやっておくよ。終わったら、研究室に持っていくから」

そう言って、サルマは再び、調合室へと戻《もど》っていった。その後ろ姿を見ながら、カルロスとメラニーは顔を見合わせる。

「さすが、ブランシェットさんだね。事前に根回しをしてくれてたなんて」

「はい。それに、サルマさんもわざわざ用意してくださって、本当にありがたいです。でも、皆さんも自分の研究があるのに迷惑《めいわく》じゃないかしら？」

メラニーが不安を口にすると、カルロスが笑った。

「気にしなくていいですよ。サルマさん、ここに来ること楽しみにしてますから。この間も、めずらしい植物を見せてもらったって、興奮していましたし」

「そうなんですか？」

「はい。ここの人たちも僕らを受け入れてくれて、本当に助かっています。そういう僕も良いことがあったんですよ」

「良いこと？」

「実は、今度郊外《こうがい》の魔物《まもの》狩《が》りに同行できることになったんです！」

「本当ですか？」

「はい！　やっと、まともなフィールドワークができます。これも、メラニーさんのおかげです。だから、ありがとうございます」

「そんな……お礼なんて」

礼を言われ、なんだかむず痒《がゆ》い気持ちになった。

「あ、もちろん。こっちのお手伝いもしますんで、どんどん使ってくださいね！　メルルさんのお世話とかどうですか⁉　代わりに僕が！」

「そ、それはちょっと……。メルルが怖《こわ》がるので遠慮《えんりょ》しておきます」

「そうですか……」

カルロスがガックリと肩《かた》を落としていると、先ほどの職員が大きな箱を持って、戻って来た。メラニーとカルロスはお礼を言って、素材庫を後にし、古代魔術研究室へと戻る。

「バーリーさん。貰《もら》ってきました」

「おう。そこに置いてくれ」

調合器具が並んだテーブルの隅《すみ》に箱を置くと、今度は隣のテーブルから、オーリーがメラニーを呼んだ。

「嬢《じょう》ちゃん！　持続魔法についての記述が見つかったぞ」

「本当ですか！」

たくさんの書物が積み重なったテーブルの上で、オーリーが手招きをする。

「ラダールが持ってきた本にあったんじゃ。ちょっと解読してくれんかのう」

「はい！　……わぁ、城壁《じょうへき》の魔法陣《まほうじん》にあった模様と同じですね！　あとでラダールさんにお礼を言わないと。……あの、オーリーさん。先にこっちの解読を優先した方がいいですよね？」

「そうじゃのぅ。今やっている作業は他の誰《だれ》かに回すか」

オーリーと作業方針について相談していると、入り口のドアが乱暴に開き、「あー、もう最悪！」と愚痴《ぐち》を言いながら、顔を黒く染めたディーノが入ってきた。

「ディーノさん、その顔……」

「また、失敗だ」

憮然《ぶぜん》とした声で部屋に入るのはクインだ。その後ろからも、焦《こ》げ臭《くさ》いにおいを漂《ただよ》わせた実験班がゾロゾロと戻ってくる。そんな彼らの下に何人かが集まった。

「――今度は何がダメだった？」

「強化魔術のところ。途中《とちゅう》で魔法陣が燃え出して大変だったよ」

「また、そこか……。魔法式とインクの材料が合っていないんじゃないか？」

「いや。発動できているということは、材料に問題はないと思うけど……」

彼らは空いているテーブルの一つを借り、焦げた魔法陣を広げて、早速《さっそく》検証を始めた。

メラニーは渋《しぶ》い顔をしているクインに近づき、訊ねる。

「……また例の魔法式が失敗したのですか？」

「ああ。どうも、うまくいかないな。前回も焦げ出したし、負荷《ふか》がかかりすぎているのかもしれない。調合配分を見直して、魔力量を調節しないといけないかもな」

「でも、それだと効力が弱まりますよね」

「それは、仕方ないかもな。時間もないことだし、最低限、披露《ひろう》できるものになればいいから、多少の効力の弱さは目を瞑《つむ》るしかないだろう」

「……そうですね。完成しないことには、お披露目もできないですものね。私も何かいい方法がないか、考えてみます」

近づく祈年祭に向けて、失敗と検証を繰《く》り返している内に、あっと言う間に時は過ぎ、とうとう研究の成果を披露する日がやってきた。


祈年祭当日。朝の早い時間に、メラニーたちは会場となる城壁周辺の森へと集まっていた。

前日には季節の変わり目となる最後の雪が降り、地面にはまだうっすらと雪が残っていた。空はどんよりとした雲に覆《おお》われており、冷たい空気が地表に滞留《たいりゅう》し、風が吹《ふ》く度《たび》に凍《こご》えるような寒さをもたらしていた。

ローブの前を摑《つか》み、現場の隅で小さく震《ふる》えているメラニーに、付き添《そ》いのマリアが心配そうに声をかける。

「いつものローブだけでは寒いでしょう。やはり直前までコートを着ていた方が……」

「だ、大丈夫《だいじょうぶ》よ」

「でも……」

野外ということで、ローブの下は十分な厚着をしていた。それでも、手足がかじかみ、顔が強張《こわば》ってしまうのは、寒さだけが原因ではない。研究の成果を示さなければいけないというプレッシャーが、メラニーを極度の緊張《きんちょう》状態にさせていた。

失敗すれば、予算が下りないのだ。折角《せっかく》、ここまで皆《みんな》が協力してくれたのに、そんなことになったら合わせる顔がなかった。

魔法陣の準備をする宮廷《きゅうてい》魔術師たちの輪からクインがメラニーを呼んだ。

「メラニー、行けるか？」

「は、はい。……マリアは上の天幕のところへ行って。叔父《おじ》様も来ていると思うから」

「わかりました。くれぐれもお気をつけて」

「ええ。メルルもいるから大丈夫よ」

メラニーの声に反応したメルルがローブの中から出てきた。

「ふふ。メルルも一緒《いっしょ》に行こう」

「シャー」

メルルを連れて、設営準備の輪に加わると、既に地面に魔法陣が設置されていた。城壁の魔法陣の十分の一程度の大きさしかないが、それでも通常の魔法陣よりはずっと大きい代物《しろもの》だ。

守護の魔法陣はメラニーの案により、二重構造になっていた。

城壁の巨大《きょだい》魔法陣を現代版に改良した際、どうしても一つの魔法陣に機能を収めきることができなかったのだ。そのため、魔法陣を二《に》分割《ぶんかつ》し、要《かなめ》となる防壁の魔法陣と、その周りを覆《おお》う強化の魔法陣の、二重の円の魔法陣を作った。

突飛《とっぴ》な草案だったが、皆の協力のおかげで魔法陣はなんとか形にすることができていた。

だが、それでも不安が残っている。

「――メラニー、大丈夫か？」

メラニーが緊張していることに気づいたクインが心配そうに見つめた。

「……本当に大丈夫でしょうか？　強化の魔法式はまだ不十分です」

総力を挙げて作ったものの、やはり時間が足りなくて、魔法陣には不完全な部分があった。

「そんなに緊張しなくても大丈夫だ。実験だって、一応はうまくいっただろう？　今日、実験に使う魔物相手なら問題ない」

そう言って、クインはメラニーの強張《こわば》った頰《ほお》を軽く撫《な》でた。

「それはそうですが……」

メラニーは茂《しげ》みの近くに用意してある檻《おり》に目を向ける。披露に使う魔物は、以前城壁《じょうへき》で見たウリボアだった。今の魔法陣の効力だと、せいぜい中型の魔物が限度で、比較的扱《ひかくてきあつか》いやすいウリボアを実験に選び、山から数匹《ひき》を捕獲《ほかく》してきていたのだ。

この魔法陣は、一度魔力を流すと、長時間継続《けいぞく》して魔法障壁が発動し、外部の魔物から内側にいるものを守るという仕組みとなっていた。

これだけでも、従来の魔法技術を大きく躍進《やくしん》させる代物だったが、これでもまだ城壁の魔法陣には遠く及《およ》ばない出来だ。この街を守るためには、もっと多くの改良が必要となるだろう。

(そのためにも、なんとしても今日の実験を成功させて、議会の承認《しょうにん》を得なければいけないわ)

メラニーは、丘《おか》の上でこちらを見下ろしている議員たちの方へ目を向けた。

　上から森を見渡《みわた》せる丘には風除《よ》けの天幕が張られており、そこに視察に訪《おとず》れた貴族たちや、ダリウスを始めとした関係者たちが集まっていた。

　皆、丘の下で準備をしている様子を興味深そうに眺《なが》めていた。

「あんな形の魔法陣は初めて見ますな。魔法陣を二重にしているのでしょうか？」

「なんと斬新《ざんしん》な考えだ。あれを考えたのはブランシェットか？　それとも噂のスチュワート家の娘《むすめ》か？」

「形だけなんじゃないか？　あんなものを発動させることなんて無理でしょう」

　中には初めて見る巨大《きょだい》な魔法陣に猜疑《さいぎ》的《てき》な目を向ける者もいた。そういった批判的な意見を口にするのは議会の議員だ。

　ケビンはそんな彼らの輪から抜け出し、前の方へと向かう。

「姉上、お体の方は大丈夫ですか？」

　毛皮のコートを羽織り、悠々《ゆうゆう》と椅子《いす》に腰掛《こしか》けた姉に声をかける。彼女の足元には冷えないようにと火鉢《ひばち》が置いてあり、まるでここだけ物見《ものみ》遊山《ゆさん》のようになっていた。

「今日はとても調子がいいわ」

「そうですか。それは良かったです」

　体調を崩《くず》しやすい彼女の顔色が良さそうなことを確認し、ケビンは胸を撫で下ろした。

　正直な話、姉には来て欲しくなかったが、病弱で幼い頃《ころ》から制限をかけられて暮らす姉を憐《あわ》れに感じていたケビンは、どうしても彼女を無下《むげ》にすることができなかった。

（このまま大人しく見ているだけであればいいが）

何を考えているかわからないが、どういうわけか彼女は、メラニーに関心を抱《いだ》いているようだった。クインの親友であるケビンとしても、他人事《ひとごと》だと放《ほう》っておくわけにはいかない。

（——クイン。どうにかうまくやれよ）

「各班、準備はいいな。私とメラニーが詠唱後、魔法陣《まほうじん》が発動したのを見計らって、ウリボアをこちらに仕向ける。タイミングを間違《まちが》えるな」

最後の段取りの確認をしていたメラニーたちは、全体を指揮するクインの言葉に熱心に耳を傾《かたむ》けていた。

「では、各々《おのおの》配置に——」

「た、大変です！　西の茂みから魔物が現れました！」

周辺の警戒《けいかい》にあたっていた魔術師が森の中から走ってきて、慌《あわ》てた様子で報告を入れた。

「なんの魔物だ？」

「それが――。グランウルスです」

「何っ！」

魔物の名前を聞いて、一同騒然《そうぜん》となった。その様子を見て、メラニーは近くにいたカルロスに訊《たず》ねた。

「グランウルスって、なんですか？」

「グランウルスは標高の高い山に生息する大型の魔物です。見た目は熊《くま》に近く、手足が非常に大きいのが特徴《とくちょう》です。性格は獰猛《どうもう》で、人を襲《おそ》うこともあります。でも、おかしいな。この時季はまだ冬眠《とうみん》をしているはずなんですが。餌《えさ》を求めて山から下りてきたにしても、あまりにも早すぎる……」

魔物の生態に詳《くわ》しいカルロスは、時季外れの魔物の出現に首を捻《ひね》る。

「今、どこにいる？」

「ここから少し離《はな》れた小川の近くです。ですが、なんだか様子がおかしくて……。妙《みょう》に興奮していというか……」

「もしかしたら、冬眠明けで飢《う》えているので、いつもより凶暴化《きょうぼうか》している可能性はありますね」

「まずいことになったな……」

カルロスの指摘《してき》に、クインが顔を曇《くも》らせ、考え込むように唸《うな》った。

第六章 守護の魔法陣

時季外れの魔物の出現に、クインはこれが作為《さくい》的なものだと直感した。

丘の上でこちらを見学している貴族たちの方に目をやると、彼らの下《もと》にも報告があったようで、あちらもざわついていた。

だが、その中でこちらを見ながら笑っている人物にクインは気づく。

(——もしや、セルデンの仕業《しわざ》か？　まずいな)

誰《だれ》の企《たくら》みにせよ、ここで中止をすれば、難癖《なんくせ》をつけられ、議会の承認が危《あや》うくなる可能性があった。ならば、中止はせずに、このまま行わなければいけないだろう。

クインが考えていると、案の定、議員の使いの者が丘から下りてきて、このまま継続するようにと命令が下《くだ》された。それを聞いて、研究メンバーから悲観した声が上がる。

「……そんな。グランウルス相手にやれと言うのかよ」

「無理よ。中型の魔物でも結界の効力がギリギリなのに、大型のグランウルス相手なんて、結界が壊《こわ》れてしまうわ」

(こちらの弱みをついてきたのか？　だとしたら、内部の情報が漏《も》れているのかもしれな

いな。それに……敵はセルデンだけとも限らないか）

「クイン様……」

視線を下げると、今にも倒《たお》れそうに青い顔をしたメラニーがこちらを見上げていた。

彼女の不安げな様子を見て、クインは気持ちを切り替《か》え、研究メンバーに声をかけた。

「とりあえず、今は時間を稼《かせ》ごう。……ディーノ。数名を連れて、グランウルスを誘導《ゆうどう》できるか？」

「は、はい！　わかりました。やってみます！」

「準備が出来次第《しだい》、合図を出す。それまで、上手く引き付けてくれ。実験班と調合班はこへ集まれ。作戦会議をする。他《ほか》の者は周囲の警戒だ。他にも魔物がいるかもしれない。何かあれば報告をしろ！」

「はい！」

クインの指示に、宮廷《きゆうてい》魔術師たちが各々動き出した。

「さて、どうするべきか」

残ったメンバーを見て、クインが呟くと、実験班の一人がおずおずと手を挙げた。

「あの、先にグランウルスを弱らせておくのはどうでしょうか？」

「それは私も考えた。だが、それであの議員たちが納得《なつとく》するかどうかは微妙《びみよう》なところだな。それは最後の手段にしておこう。……問題なのは、強化の魔法式の部分だ。あそこだけなんとかできればいいんだが……」

「なんとかって。魔法式を補強するということですか？　それは難しいと思います。効力を落として、やっと成功したくらいですよ。これ以上、何かを加えても、また前のように負荷《ふか》がかかりすぎて、燃え出してしまいます！」

調合班のメンバーが反論し、クインは唸った。

「そうだな……」


(確かに、その通りだわ。何度やっても、魔法式が耐《た》えきれずに燃え出していた)

メラニーは彼らの話を聞きながら、これまでの実験の様子を思い返していた。

(……でも、どうしてなのかしら？　今までの経験から見ても、古代魔術には大量の魔力が必要で、その分、強い効力を出していたはず。もっと強い負荷がかかっていても、耐え切れるはずなのに……。…………強い負荷？)

その時、メラニーの頭の中で一筋の閃《ひらめ》きが下りてきた。

「──そうよ！　逆なんだわ！」

弾《はじ》かれるように叫《さけ》ぶと、ギョッとしたクインがメラニーを見つめた。

「メラニー？　何か、思いついたのか？」

「クイン様！　古代魔術の原理に対して、負荷が足りなかったんです！」

突然、何を言い出すのかと、周りの魔術師たちはメラニーに怪訝《けげん》な目を向ける。しかし、クインだけは、彼女の言いたいことをすぐに察し、大きく目を見開いた。

「——そうか！　確かに、古代魔術は今とは比べ物にならない技術だ。大量の魔力を一気に流す必要があるのも、負荷を与えるためか！」

「そうです！」

興奮する二人に対し、周りはついていけずに、ポカンと口を開ける。

「おい！　二人で盛り上がっていないで、わしらにもわかるように説明せい！」

痺《しび》れを切らしたオーリーが叫ぶと、メラニーは端的に説明した。

「つまり、今以上に負荷を与えればいいということです！　そうですよね、クイン様？」

「ああ、メラニーの言う通りだ。今までは魔法式に対して、威力《いりょく》が足りなさ過ぎて、中途《ちゅうと》半端《はんぱ》に燃え出したんだ。不完全燃焼《ねんしょう》と言えば、わかりやすいか」

「——ああ、なるほど。……では、どうする？　単純に魔力をもっと流せばいいのか？」

バーリーの問いかけに、クインは顔を曇《くも》らせた。

「いや、それだけでは不十分だろう。これまでの実験で負荷を与えないように、材料もかなり効力が弱いものに変えたからな。何か、もっと魔力を強める媒体《ばいたい》を加えないと……」

「今のインクの材料は主に火属性のものじゃ。手っ取り早く使えそうなのは、同じ火属性の鉱物か魔物《まもの》の素材じゃが、今ここにそんなものは――」

オーリーの言葉に、メラニーは「あっ！」と声を上げた。

「か、カレンさん！――耳飾《みみかざ》り！　今、持ってますか⁉」

「ああっ！　つけてるよ！　クイン君、これ！」

研究メンバーの後ろの方で控《ひか》えていたカレンが、慌《あわ》てた様子でイヤリングを外して、クインに手渡《てわた》した。

「カレン、これは？」

「魔力の含有量《がんゆうりょう》の高い火山石さ。火属性だし、まさに打ってつけだろう？」

「火山石か。使えるな。……よし、早速《さっそく》、やってみよう」

クインは魔石を握《にぎ》ると、魔法陣に近づいた。それを見て、バーリーが叫ぶ。

「おい、クイン。調合道具もないのにどうするつもりだ？」

だが、その問いかけを無視し、クインは問題の強化の魔法式の場所に立つと、魔石を手に詠唱《えいしょう》を始めた。

すると、クインの手の上で白い炎が勢いよく燃え出し、魔石が溶けていった。

「ま、魔石が……」

溶け出した魔石はドロドロとした液体となって、クインの手から魔法陣に垂れ落ちていく。だが、落下の途中で、まるで意思を持っているかのように、液体が突然《とつぜん》クネクネと動き出した。

それを見て、周りにいる魔術師たちが小さな声でざわついた。

「見てよ！　魔法式をなぞるように垂れているわ。まさか、溶かした魔石を操《あやつ》っているの？」

「どうやったら、そんなことができるんだ？　人間業じゃないだろう……」

魔術に精通した彼らが驚《おどろ》いている様子を見るに、クインは相当器用なことをしているらしい。

メラニーが唖然《あぜん》として見ている内に、クインの作業が終わったようだ。

「補強はこれでいいだろう」

さらりと言って、クインがこちらを振《ふ》り返った。

魔法陣を見ると、溶けた魔石が強化の魔法式の上に寸分違《たが》わずになぞられており、赤黒い光で美しくきらめいていた。

「じゃあ、我々も避難《ひなん》するよ。メラニー君。頑張《がんば》って」

「はい。カレンさんもありがとうございました」

宮廷魔術師たちが各々《おのおの》配置につき、最後まで残っていたカレンらを見送ると、クインの隣《となり》にはメラニーだけが残った。

咄嗟《とっさ》に思いついた仮説をクインは採用してくれたが、もし間違《まち》っていたら、ここにいる人々に被《ひ》害《がい》が出てしまう可能性が大いにあった。それを考えると、怖《こわ》くて仕方がない。

すると、メラニーの様子に気づいたクインが安心させるように優《やさ》しく声をかけた。

「——大丈夫だ。間違っていると思っていたら、君の提案を呑《の》んでいない。やれると判断したから、やっているんだ」

「でも……もしもうまくいかなかったら……」

「メラニー」

震《ふる》えるメラニーの手をクインが両手で包み込んだ。

「私を信じろ。私も君を信じている。いや、君だけじゃない。ここにいる皆《みんな》の頑張りを信じている。きっとうまくいくはずだ」

紫《むらさき》の瞳が真っ直《す》ぐメラニーを見つめた。

「クイン様……」

クインの手から伝わる体温に震えが収まっていく。

「——はい」

メラニーが覚悟《かくご》を決めると、誘導班から報告が入った。

「クイン様。ディーノたちがグランウルスの誘導を始めました」

「わかった。――メラニー、始めるぞ」

「はい！」

　クインと共に魔法陣《まほうじん》の上へと移動すると、周りでは、オーリーとバーリーが他の魔術師たちと共に、魔法陣を守る陣形を作っていた。緊張した面持《おもも》ちで魔法陣の盾《たて》となる彼らを見て、メラニーもゴクリと息を呑む。

　打ち合わせ通り、二重の魔法陣のうち、内側の円にはメラニーが、外側の円にはクインが立つ。二つの魔法陣を組み合わせたことから、詠唱者も二人必要だった。

　しかし古代魔術を基礎《きそ》としているため、発動にはどうしてもまだ膨大《ぼうだい》な魔力を必要としていた。そこでクインの他《ほか》に、魔法陣の発案者で、かつ、魔力供給のペンダントを持ったメラニーが詠唱《えいしょう》を担《にな》うことになったのだった。

　何度か実験を繰《く》り返す中で、古代魔術の技法を多く取り入れた内側の防壁の魔法陣をメラニーが、外側の強化の魔法陣をクインが担当することになった。

　この形態に至るまで、メラニーの体を心配したクインと一悶着《ひともんちゃく》あったものの、カレンの協力で、魔力を体に流す練習を積み、体に負担をかけすぎないよう調整することができるようになっていた。

「メルル。危ないから、足元にいてね」

メラニーはメルルを地面に下ろすと、自身も魔法陣の上に膝《ひざ》をついた。

「メラニー。準備はいいか？」

「はい」

「では、いくぞ」

クインの合図と共に、魔法陣に両手をつき、二人同時に詠唱を始める。

両手を介して、ペンダントの魔力を魔法陣に流し入れると、円の中心から外側に向かって魔法陣が輝《かがや》き出した。カレンの指導の下《もと》、何度も練習を重ねただけあって、体から流れる魔力の量も安定していた。

「……来るぞ。皆、警戒《けいかい》しろ」

バーリーが低い声で周りの魔術師たちに警告をする。彼らが警戒の姿勢を取ると同時に、前方から森の木々が不自然に揺れる音が響《ひび》いた。遅《おく》れて、魔法を放つ音や、誘導《ゆうどう》の指示を出すディーノの声がメラニーの耳に届く。

「まだだ！　こっちに引きつけろ！」

（──もう、近くまで来ている⁉）

ディーノの叫《さけ》び声に、メラニーは思わず顔を上げかけるが、

「嬢《じょう》ちゃん！　集中しろ。あっちは大丈夫じゃ！」

（──そうだわ。今は集中しないと！）

横からオーリーの声が飛び、ハッとして詠唱に戻《もど》った。メラニーは目を閉じると、再び詠唱を口にし、クインの声に集中した。

初めは違う詠唱が、後半同じフレーズとなり、自然に二人の声が重なっていく。

クインの低い声に合わせていくうちに、いつの間にか声の震えも治まっていった。

詠唱が終わり、魔法陣に流れる魔力が自然と止まった。

「――おおっ！」

周りから感嘆《かんたん》の声が聞こえ、ゆっくりと瞼《まぶた》を上げると、魔法陣全体から眩《まばゆ》い光が上がっていた。足元を照らす光は、注ぎ込んだ魔力が魔法陣に滞留《たいりゅう》している証拠《しょうこ》だ。

（後は発動だけ。――お願い！　どうか、うまくいって！）

胸の前で両手を組み、メラニーは天に祈った。

すると、魔法陣の光が徐々《じょじょ》に色濃《いろこ》く変化し始め、光の輝きが極限に達した。

「――っ！」

眩い光に目が眩《くら》み、そっと目を開けると、元の魔法陣の上に、黄金色に光る魔法陣が浮かび上がっていた。

メラニーはその場に立ち上がると、クインの方へ駆《か》け寄る。

「――クイン様」

「ああ。うまくいっているようだ」

強化の魔法式の部分を見ると、こちらも問題なく作用していた。

足首の高さに浮かんだ光の魔法陣は、円形状に拡大していき、あっという間に元の羊皮紙の大きさを超《こ》え、周囲で警戒している魔術師のところまで広がっていく。

「よし、伸びてきたぞ！」

大きく広がった光り輝く魔法陣に、魔術師たちは顔を見合わせ、口元を緩めた。

一定の大きさまで広がると、魔法陣の拡張が止まり、円の縁《ふち》が強い光で輝きだした。

その現象に、丘《おか》の方からどよめきが聞こえてくる。

「まずは成功だな。――あとは、グランウルスに耐《た》えられるだけの効果があるかだ」

「はい」

「――よし。皆、魔法陣の内側に入れ！」

クインの号令で、離《はな》れた場所にいた魔術師たちが魔法陣の中に駆《か》け込んで来る。二十人ほどが集まっても魔法陣の内側はまだ余裕《よゆう》があった。

メラニーが不安そうにしていると、メルルが足元に擦《す》り寄ってきて、前方を警戒し始めた。どうやら、メルルも強い魔物の気配を感じているようだ。

全員集まると同時にクインが合図を送ると、森の奥からディーノの声が聞こえてきた。

「魔物がそちらに行きます！」

「来るぞ！」

宮廷《きゅうてい》魔術師たちが魔法陣の内側で警戒態勢をとると、正面の木々が大きく揺《ゆ》れ、グランウルスの低い唸《うな》り声が響いた。森の茂《しげ》みが大きく動き、まず先に誘導をしていたディーノたち数人の魔術師が姿を現した。

「クイン様！」

「ディーノ！　そのままこっちへ来い！」

クインはディーノたちを魔法陣の内側に呼び込んだ。

魔法陣は敵と看做《みな》した魔物だけに反応する仕組みになっているため、ディーノたちは無事に魔法陣の中に入ることができた。

ディーノらが魔法陣の内側に駆け込んだ、次の瞬間《しゅんかん》だった。

獰猛《どうもう》な唸り声と共に、周囲の木々を薙《な》ぎ倒《たお》し、茂みの中から黒い大きな魔物がディーノたちを追って、姿を現した。

「――っ！」

大きな塊《かたまり》が目にも留まらぬ速さで、こちらに向かって突進《とっしん》してくる。

（――お願い！　皆《みんな》を守って！）

「来ます！」

「全員、待機！」

クインが叫ぶと同時にグランウルスが襲《おそ》いかかった。

「きゃっ！」

前方からドンッという鈍《にぶ》い大きな音が響き、大地が震動《しんどう》した。その衝撃《しょうげき》に体がよろけそうになると、すかさずクインが支えてくれた。

（――どうなったの？）

クインに支えられながら、恐《おそ》る恐る顔を上げると、目の前に、光り輝く魔法障壁《まほうしょうへき》がそびえ立っていた。

「――成功しているわ」

「ああ、どうやら補強がうまくいったようだ」

クインの呟《つぶや》きに、魔法陣《まほうじん》の中に集まった魔術師たちも小さく沸《わ》いた。

「あ、障壁が……」

魔法陣の縁から出現していた魔法障壁は、徐々に薄《うす》くなりながら消え、グランウルスの姿が露《あら》わになった。

（あれが、グランウルス。なんて、大きい――）

ごわごわとした真っ黒い毛並みで全身を覆《おお》った巨大《きょだい》な魔物が、メラニーたちのすぐ近くで倒れていた。

超《ちょう》大型魔物であるガルバドに比べたら、グランウルスの体は小さく感じるが、それでもその大きさは成人男性の二回り以上はあった。その手足はやたらと大きく、鋭《するど》い爪《つめ》が視界に映る。あの手で攻撃《こうげき》されたら、ひとたまりもないだろう。

「あ、グランウルスが起き上がります！」

黒い毛の塊がゆっくりと体を起こした。脳震盪《のうしんとう》を起こしたのか、頭を何度か左右に振《ふ》りながら、周囲を警戒するように四足歩行で歩き始める。そして、魔法陣の中に人間がいることに気づき、威嚇《いかく》の怒号《どごう》を上げた。

「グオオオオッ！」

至近距離《きょり》から発せられる雄叫《おたけ》びに、ビリビリと体が震《ふる》えた。

グランウルスの獰猛な瞳《ひとみ》は血走っており、涎《よだれ》を垂らしながら荒《あら》い息を繰《く》り返して、ゆらゆらと体を動かし、忙《せわ》しない様子を見せていた。

何だか、異様な光景だ。少なくとも普通《ふつう》の興奮状態とは思えない。

魔法陣の中にいる宮廷魔術師たちも、グランウルスの様子に気づき、身を強張《こわば》らせた。

緊迫《きんぱく》した空気にメラニーが怯《おび》えていると、クインが腕《うで》を伸《の》ばし、体を抱《だ》き寄せた。

「メラニー。怖《こわ》かったら、私の方を見ていなさい」

「――クイン様」

メラニーがクインの体に身を寄せると、クインは真剣《しんけん》な眼差《まなざ》しで魔物を見据《みす》えたまま、次の指示を出した。

「もう一度だ！　誘導班、誘発の魔法弾《まほうだん》を放て！」

クインの合図で前方に待機していた誘導班が、殺傷能力の低い魔法弾をグランウルス目がけて放った。

「グアアアァッ！！！！」

魔法弾を受け、激怒したグランウルスがこちらに向かって、大きな両手を振り上げた。

「――っ！」

しかし、魔法陣の境界線にグランウルスの手が触《ふ》れた途端《とたん》、魔法障壁が再び展開し、行く手を阻《はば》んだ。

バンッ！　という壁《かべ》にぶつかる激しい音が響《ひび》き、魔法陣に弾《はじ》き返されたグランウルスの巨体が後ろへと倒れ込んだ。

地面に転がったグランウルスは何が起こったのかわからない顔をしていたが、すぐに起き上がると、殺気に満ちた瞳でこちらを睨《にら》んだ。

「――まだ平気なのか？」

周りの魔術師たちが不安げに呟いた。

「次で、勝負を決めよう。全力でぶつからせてみるんだ」

威嚇をしながら、ウロウロと周辺を歩き回るグランウルスに、クインが更《さら》に命令をする。

「行きます！」

誘導《ゆうどう》班が再度魔法弾を投げた。

その挑発《ちょうはつ》に怒《いか》り叫《さけ》んだグランウルスは、大きな手足を使って、ものすごい勢いで突撃《とつげき》してきた。

――ドンッ！！！

突進する力の反動なのか、グランウルスの体が魔法障壁に弾かれ、宙へと飛んだ。

巨体が茂みの方まで吹《ふ》っ飛び、その衝撃で木々が薙ぎ倒された。

「……すごい。こんな強い魔物ですら、防ぐことができるのか……」

誰《だれ》ともなく呟き、魔術師たちは魔法陣の効果に息を呑《の》んだ。実験ではここまで攻撃力の高い魔物で試《ため》したことはなく、思わぬ威力《いりょく》に唖然《あぜん》とする。

緊張しながら見守っていると、倒れていたグランウルスが、のっそりと起き上がった。

「……まだ、来るかしら？」

さすがに三度も阻まれ、グランウルスもかなり弱っているようだ。フラフラとした足取りで警戒《けいかい》しつつも、一定の距離からこちらに近づこうとしなかった。

グランウルスと宮廷魔術師たちは互《たが》いの腹を探《さぐ》り合うように、じっと睨み合う。

そして、長いようで短い睨み合いの末、グランウルスは茂みの中へ引き返していった。

無事に成功し、宮廷魔術師たちの大きな歓声《かんせい》が森に響き渡《わた》った。

クインとメラニーを中心に集まり、騒《さわ》がしくはしゃいでいる様子を、ケビンは丘《おか》の上から眺《なが》めていた。

一先《ひとま》ずは成果を見せられたことに安堵《あんど》し、息を吐《つ》く。

周りの反応を窺《うかが》うと、多くの来賓《らいひん》は拍手《はくしゅ》をしながら、満足そうな笑《え》みを浮《う》かべ、今後の事業に期待する話をしていた。

一方、対照的なのは、この事業に難癖《なんくせ》をつけていた一部の議員たちだ。彼らの苦い顔を見れば、これ以上、予算編成に文句をつけることはないことは明らかだった。

内心、ホッとしているケビンに、涼《すず》やかな声がかかった。

「うまくいったみたいね」

振り返ると、そこには口元に笑みを浮かべたユスティーナが立っていた。

その楽しそうな彼女の微笑《ほほえ》みにケビンは表情を引き締《し》める。

「……あれは姉上の指示ですか？」

魔物の出現は、明らかに人為的《じんい》なものだった。どうやったのかわからないが、あそこまで凶暴《きょうぼう》な魔物を手配することができる人間は、そうそういるものではない。ケビンがじっとユスティーナを見つめると、彼女は笑みを浮かべたまま、小首を傾《かし》げた。

「なんのことかしら？　ああ、そういえば、城壁付近に大型の魔物が現れた話があったわね。あの魔物がそうだったのではなくて？　存在が確認《かくにん》できなかったと捜索《そうさく》は終えたけど、きっとどこかに潜《ひそ》んでいたのね。見つかってよかったじゃない」

とぼける姉にケビンは眉間《みけん》の皺《しわ》を深くした。

「……怪我人《けがにん》が出たら、どうするおつもりだったのですか？」

「怪我人？　あら、あなたはお友達を信頼《しんらい》していないの？」

ユスティーナの青い目が真っ直《す》ぐに見てくることに耐《た》えられず、ケビンは視線を逸《そ》らした。

（どうしてこの人は……）

たまに彼女と同じ瞳の色をしていることが嫌《いや》に思えてくる。

ケビンが黙《だま》っていると、ユスティーナは眼下を見下ろしながら、楽しそうに呟いた。

「それにしても、面白《おもしろ》い子ね」

彼女の目線の先にいるのはメラニー・スチュワートだ。

（――クイン。どうやら、かなり厄介《やっかい》なことになったぞ）

ケビンは心の中で親友に警告をするのであった。

エピローグ

　正午になり、祈年祭を祝う催《もよお》しが、街の大通りで開催《かいさい》されていた。

　色とりどりの布や装飾《そうしょく》を纏《まと》った人々が、大通りを踊《おど》りながら練り歩き、春の訪《おとず》れと豊穣《ほうじょう》を祈《いの》る歌を集まった観衆と共に歌っていた。

　街の人たちが楽しそうにはしゃいでいる姿を、メラニーはクインと共に城壁《じょうへき》の上から眺めていた。

　寒さを吹き飛ばすような民衆の笑顔と熱気に、こちらまで胸が温かくなってくる。

　一方、城壁の反対側の森では、十名ほどの宮廷《きゅうてい》魔術師たちが、メラニーたちの作った守護の魔法陣《まほうじん》に集まっていた。逃《に》げたグランウルスは既《すで》に捕獲《ほかく》されており、今は、当初予定していたウリボアを使って、引き続き実験を継続《けいぞく》している。

　魔法陣は今もなお、淡《あわ》い光を発しており、その光は城壁の上からも確認できていた。時間が経過しても、依然《いぜん》として魔法陣が効果を持続している証拠《しょうこ》だ。

　今後数日間は、魔法陣の継続効果がどれほど続くのか、時々魔物を仕掛《しか》けながら経過観察をすることになっており、メラニーたちも交代でそれに参加する予定だ。

視察に訪れていた貴族たちからも好評価を受け、メラニーたちの研究は引き続き行われることになった。

しかし、あれ一つを作るにもかなりの労力とお金がかかったので、この街を丸ごと守るほどの魔法陣を作るには、もっともっと改良を重ねる必要があった。もし、うまくいったら、王都以外の町にも同じものを作りたいと計画しているが、そうするにはかなり予算を抑《おさ》えねばならず、現状は目算すら立っていない。

まだまだ課題は山積みで、今後も忙《いそが》しい日々が続くだろう。けれど、確実に一歩を踏《ふ》み出せたことに、メラニーはとても満足していた。

しかし、一方で、心の中に燻《くすぶ》っていることがあった。

今回、予期せぬ事態となったのは、ユスティーナの仕業《しわざ》かもしれないと、ケビンから忠告を受けていたのだ。

彼の話では、ユスティーナが妨害《ぼうがい》した理由は、派閥《はばつ》争いから来るもので、ケビンと親しいクインの信用を落とすのが目的だったのではと推測されていた。

派閥争いに巻き込んでしまい申し訳ないと謝られたが、突然《とつぜん》の話に、まだ頭の中が混乱していた。しかも、どういうわけか、王女はメラニーを気に入ったようで、もしかしたら、今後もアプローチしてくるかもしれないと言われてしまった。

（本当にユスティーナ様がそんなことを？）

俄《にわ》かには信じられず、メラニーは顔を曇《くも》らせる。

そんなメラニーにクインが気づき、顔を覗《のぞ》き込んできた。

「メラニー？　どうした？」

「いいえ、なんでもありません」

メラニーは首を振《ふ》ると、気持ちを切り替《か》え、笑顔を向けた。折角《せっかく》、発表が成功したのだ。今は楽しい気分に浸《ひた》っていたかった。

「研究が続けられることになって、本当に良かったですね」

「ああ、そうだな」

メラニーの言葉にクインが微笑み、じっと見つめてきた。

「──クイン様？」

「君は随分《ずいぶん》と成長したな」

「え？　そ、そうでしょうか？」

「ああ。以前に比べて、ずっと前向きになっている」

改まって言われると、恥《は》ずかしい気持ちになったが、それはメラニー自身も感じていたことだった。

「そ、そうかもしれません……。今、目標ができて、毎日がすごく楽しいんです」

「目標？　研究のことか？」

「それもありますけど……。私、ゆくゆくは人の役に立てるような立派な魔術師になりたいんです」

「人の役に？」

「はい。……私、お荷物である自分が嫌で、ずっと変わりたいと思っていました。でも、今回、クイン様たちと一緒《いっしょ》に研究をして、色々な人から応援《おうえん》されて。……プレッシャーになることも多かったけど……でも、それ以上に嬉《うれ》しかったんです。私にも何かできることがあるんだって。だから——」

「そうか」

クインは柔《やわ》らかな眼差《まなざ》しを向け、メラニーの頭を優《やさ》しく撫《な》でた。

「君ならなれるさ」

「え？」

「——正直に言うと、君をこの重責ある立場に就《つ》かせていいものかと、初めは迷っていたんだ。だが、君はよくやり遂《と》げた。いや、まだ研究は始まったばかりだが、でも十分よくやっていると思う。君の師として、とても誇《ほこ》らしいよ。これからも頼《たよ》りにしている」

「——私を頼りに？」

「ああ」

嬉しい言葉に、涙《なみだ》が込み上げてくる。

溢《あふ》れる感情に我慢《がまん》できずに泣き出すと、クインが困ったように苦笑《くしょう》した。

「まだまだ泣き虫だな」

「クイン様が泣かせたんです……」

顔を覆《おお》って泣いていると、クインは笑って、制服の胸ポケットから何かを取り出した。

「それでは詫《わ》びの証《しるし》にこれをあげよう」

「え？」

驚《おどろ》くメラニーの手をクインが取る。

「……クイン様、これ」

薬指に指輪が嵌《は》められる様子をメラニーは息を呑《の》んで、見つめた。

小さな紫色《むらさきいろ》の宝石が付いた華奢《きゃしゃ》な指輪だった。

顔を上げると宝石と同じ色の瞳《ひとみ》がメラニーを優しく見つめていた。

「式が延期になってしまっただろう？　今日の成果で、少しは忙しさが軽減されるだろうから、年内には挙げられるはずだ。しかし、まだ先になりそうだからな。代わりと言ってはなんだが、式を挙げるまでの間、約束の証だ」

いつの間に用意してくれていたんだろうか。

少し照れた様子で微笑《ほほえ》むクインに、メラニーは胸がいっぱいになり、また涙が溢れてしまった。

「……どうしよう。こんなに素敵《すてき》なもの。嬉しいです。クイン様、ありがとうございます。大切にします」

「ああ」

クインの腕《うで》が伸《の》びてきて、メラニーはその胸に顔を埋《うず》める。

しばらくの間、そうやって幸せを嚙《か》み締《し》めていると、不意に、立ち込めていた雲の隙間《すきま》から明るい光が差し込んできた。

「メラニー。あれを」

クインが街の方を示す。

「わぁ……」

顔を上げると、暖かな陽《ひ》の光がキラキラと街を照らしていた。

春はもう近い。

柔らかな風がメラニーたちの体を吹《ふ》き抜《ぬ》けていった。

あとがき

この度は、本作をお手に取っていただき、誠にありがとうございます。作者の春乃春海《はるのはるみ》と申します。嬉《うれ》しいことに、続刊を出すことができました！　これも、応援してくださった読者の皆様のおかげです。本当にありがとうございます！

本作では新たなキャラも登場し、ますますメラニーの周りが騒がしくなっております。前巻同様、メラニーたちが奮闘する姿を楽しんでいただければ、幸いです。

また、嬉しいことに、御国紗帆《みくにさほ》先生によるコミカライズも始まっております。可愛くて魅力的なメラニーたちの姿がとっても素敵ですので、そちらも是非楽しんでいただけましたら、幸いです。

そして前巻に引き続き、美しいイラストを描いてくださいましたｖｉｅｎｔ様、今回も本当に素敵なイラストをありがとうございます。また、本作の制作にご尽力いただきました担当様及び、関わってくださいました全ての方に感謝を申し上げます。

春乃春海

「宮廷魔術師の婚約者2 書庫にこもっていたら、国一番の天才に見初められまして!?」の感想をお寄せください。
おたよりのあて先
〒102-8177 東京都千代田区富士見2-13-3
株式会社KADOKAWA 角川ビーンズ文庫編集部気付
「春乃春海」先生・「vient」先生
また、編集部へのご意見ご希望は、同じ住所で「ビーンズ文庫編集部」
までお寄せください。

宮廷《きゅうてい》魔術師《まじゅつし》の婚約者《こんやくしゃ》2

書庫《しょこ》にこもっていたら、国一番《くにいちばん》の天才《てんさい》に見初《みそ》められまして!?

春乃春海《はるのはるみ》

角川ビーンズ文庫 23763

令和5年8月1日 初版発行

発行者――――山下直久
発 行――――株式会社KADOKAWA
〒102-8177 東京都千代田区富士見2-13-3
電話 0570-002-301（ナビダイヤル）
印刷所――――株式会社暁印刷
製本所――――本間製本株式会社
装幀者――――micro fish

ISBN978-4-04-113976-9C0193 定価はカバーに表示してあります。

生贄として捨てられたので、
辺境伯家に自分を売ります
~いつの間にか聖女と呼ばれ、溺愛されていました~
役立たずなんて言わせない——
魔物がはびこる辺境が、私の「居場所」です！
著／shiryu《シリュー》　イラスト／RAHWIA《ラフィア》
家族に虐げられ、魔物がはびこる辺境へ
追いやられたルアーナ。
辺境伯子息のジークハルトと切磋琢磨するうち、
ルアーナの希少な魔法が開花して……
役立たずのはずの私、この辺境で幸せになります！
好評発売中!!!

●角川ビーンズ文庫●

無能だと捨てられた錬金術師は敏腕商人の溺愛で開花する
もう戻りませんので後悔してください
虐げられ天才錬金術師と紳士な最強敏腕商人の
契約からはじまる溺愛婚!!
著／てんてんどんどん　イラスト／くにみつ
錬金術の名家の娘シルヴィアは、夫に無能だと過労を強いられた挙句、義妹と浮気され離婚。嵐の中家を追い出された。彼女を助けたのは『死の商人』と噂のヴァイス。彼に錬金術を認められ、契約結婚を申し込まれ……？
好評発売中!!!

●角川ビーンズ文庫●

回
角川ビーンズ小説大賞
原稿募集中!
君の"物語"がここから始まる!
https://beans.kadokawa.co.jp
詳細は公式サイトでチェック!!!
【一般部門】&【テーマ部門】
賞金 大賞100万円
優秀賞30万円
他副賞
締切 3月31日
発表 9月発表(予定)
イラスト/紫 真依